貓與庄造與兩個女人

日本貓文學絕頂之作
獨家收錄文學特輯

作者｜谷崎潤一郎
譯者｜王立言

文豪書齋 103

貓與庄造與兩個女人——
日本貓文學絕頂之作，獨家收錄【文學特輯】

作　　者　谷崎潤一郎
譯　　者　王立言

總 編 輯　張瑩瑩
副總編輯　蔡麗真
責任編輯　簡欣彥
編輯協力　蔡佳倫
行銷企劃　林麗紅
封面設計　Jude
版面構成　綠貝殼資訊有限公司
內頁排版　李秀菊
特輯版面　范綱燊
插畫繪製　小屏律三郎 / Wilson

社　　長　郭重興
發行人兼出版總監　曾大福
印務主任　黃禮賢
出　　版　野人文化股份有限公司
發　　行　遠足文化事業股份有限公司
地址：231 新北市新店區民權路 108-2 號 9 樓
電話：（02）2218-1417　傳真：（02）8667-1065
電子信箱：service@bookrep.com.tw
網址：www.bookrep.com.tw
郵撥帳號：19504465 遠足文化事業股份有限公司
客服專線：0800-221-029
法律顧問　華洋法律事務所 蘇文生律師
印　　製　成陽印刷股份有限公司
初版首刷　2015 年 10 月

國家圖書館出版品預行編目（CIP）資料

貓與庄造與兩個女人／谷崎潤一郎作；王立言譯 -- 初版 -- 新北市：野人文化出版：遠足文化發行，2015.10
面；　公分 .--（文豪書齋；103）
ISBN 978-986-384-099-2（平裝）
861.57　　104020662

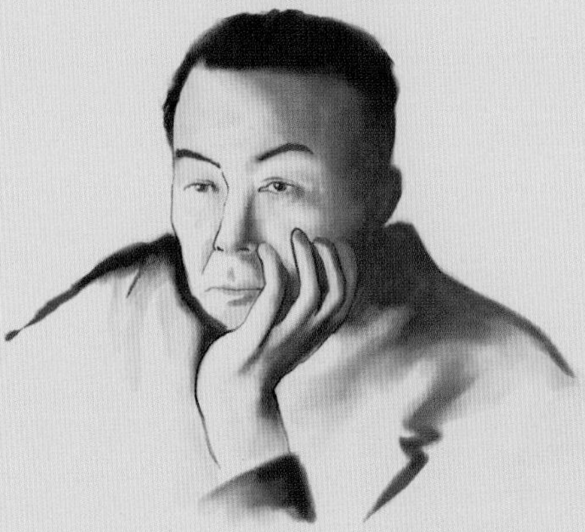

《貓與庄造與兩個女人》特輯

擅長描繪男女人性的耽美大師

- 真實人生是文學的引路者
- 《貓與庄造與兩個女人》各式媒體改編

和莉莉一起在昭和年間過生活

- 重現庄造家的庶民美食
- 充滿功能性的家庭住所
- 隨季節更換必備日用品
- 偶爾奢侈的娛樂生活

跟著庄造遊訪神戶

- 蘆屋市
- 六甲地區
- 有馬溫泉
- 須磨海水浴場
- 甲子園
- 寶塚大劇場
- 新開地

擅長描繪男女人性的耽美大師

二十世紀初，受到西方唯美主義的影響，日本文壇吹起了一股耽美浪潮，而谷崎潤一郎以日式生活為題材，描寫出大和民族追逐官能卻又壓抑的情慾觀，將唯美文學推上了新的高峰。

谷崎潤一郎二十七歲

《貓與庄造與兩個女人》／新潮社

一八八六年（明治十九年），出生於日本東京的谷崎潤一郎，二十四歲時以《刺青》、《麒麟》兩篇短篇小說受到唯美派作家永井荷風的青睞，自始在文壇嶄露頭角，其文風可粗分為兩個階段：早期極受西方影響的耽美主義時期；移居關西後，開始融入傳統文化的成熟期。

真實人生是文學的引路者——

谷崎一生中共經歷三段婚姻，並擁有多任情人，他習慣以生活中的女性作為創作藍本。其中《貓與庄造與兩個女人》發表於一九三五年，即是與第二任妻子——古川丁未子離婚後產生的故事靈感。小說以一隻貓作為開端，描述一段婚姻結束後存在於三人之間的微妙制衡，其中前妻品子能幹又獨立，多少影射著身為婦人記者的丁未子，而主角庄造的懦弱讓他始終被母親和兩任妻子擺佈，更反映出谷崎在感情生活中的受虐傾向：他曾表示自己是以一個僕人的角色去伺候、崇拜女性，就像《春琴抄》主角佐助一樣，透過仰望的方式供養他生命中的謬思女神。

《貓與庄造與兩個女人》各式媒體改編——

豐田四郎翻拍為電影

《貓與庄造與兩個女人》在出版二十年後，由翻拍過多部日本文學著作的豐田四郎執導，搬上大銀幕。一九五六年（昭和三十一年）由東寶映畫出品，飾演男主角庄造的是當年四十三歲的森繁久彌，飾演前妻品子的是女優山田五十鈴，熱情的福子與強勢的母親則由香川京子與浪花千榮子飾演。每一位演員都是在日本當代占有一席之地的重要演員，其中山田五十鈴更以此片獲得第二屆日本電影旬報獎最佳女演員、第七屆藍絲帶獎最佳女演員。

改編電影成功再現了三位主角的鮮明性格，尤其主角庄造演示出在原著不容易被讀出，對於女色的迷戀與享樂主義，將谷崎潤一郎作品的耽美風格表現無遺。

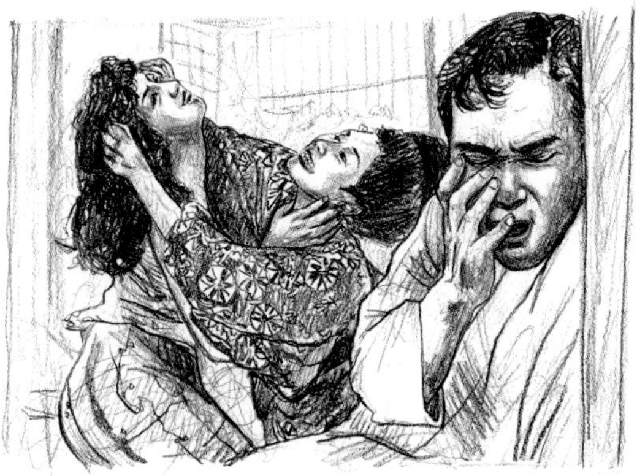

改編電影中最能代表三人關係的一幕，但在原著中兩位女性其實沒有再碰過面。

一九五六年《貓與庄造與兩個女人》
改編電影
導演：豐田四郎
腳本：八住利雄
演員：森繁久彌、山田五十鈴、香川京子、浪花千榮子、林田十郎、南悠子……

■手塚治虫改編為漫畫

一九七五年，手塚治虫以《貓與庄造與兩個女人》為靈感，發表〈貓與庄造〉作為《怪醫黑傑克》的其中一則故事，刊載在《少年週刊》上。故事述說庄造因為山崩意外喪失妻子與孩子，這場意外造成的腦部後遺症，也讓他產生了精神疾病，從此把貓視做自己的家人共同生活。故事的最後，黑傑克治好了庄造的疾病，但庄造卻因恢復「正常」遺忘了自己曾經溺愛的貓咪們……

男主角庄造的名字、庄造對貓的過分溺愛皆脫胎自小說，但漫畫的改編進一步描繪了寵物與人之間的關係、感情，甚至是動物是否具有人性、是否具備與人平等的感情等概念，探討與原作不同的社會議題。

受傷後的庄造把貓當作人一般的寵愛。

收錄於由台灣東販在二〇一三年重新出版的《怪醫黑傑克 典藏版》第七集。

和莉莉一起在昭和年間過生活

庄造一家用餐的時候、福子發脾氣的時候、與品子依偎取暖的時候……貓咪莉莉總是無所不在，影響著這一家人的感情和生活習慣。透過莉莉的穿梭，讓我們從飲食、住所、用品、娛樂一窺昭和年間的生活風貌。

■重現庄造家的庶民美食

二杯醋漬小魚

材料：
小竹筴魚（或沙丁魚）15-20 尾
薑絲 適量
白醋 2.5 大匙
柴魚醬油 1 大匙
味霖 0.5 大匙（可加可不加）
水 1 大匙

作法：
1. 將白醋、醬油、味霖、水依比例混合作成二杯醋備用。
2. 小魚以清水沖洗、用紙巾壓乾，乾煎至兩面略成金黃色。
3. 起鍋，淋上二杯醋，讓醋可完全覆蓋小魚，鋪上少許薑絲。
4. 靜置變涼，或冰進冷藏室一晚，醃漬入味後的小魚，魚骨會變得更柔軟綿密。

庄造為了討好莉莉，常常要求福子作二杯醋小魚，
卻因此激怒福子，成為送走莉莉的導火線。

土鍋飯配鹽昆布

材料：
白米
水
鹽昆布

作法：
1. 將米洗淨後，浸泡約半小時，讓米粒完整吸收水份，能幫助後續米飯均勻受熱。
2. 因為要製作口感軟爛的米飯，以米：水＝1：2 的比例放進土鍋中。
3. 開中火至煮沸（鍋緣冒出水泡），轉至小火再煮約 5 分鐘，熄火悶 20 分鐘。
4. 起鍋，盛至碗裡後灑上適量的鹽昆布。

夫婦倆為了莉莉大吵的隔日，母親阿凜邊吃著土鍋飯，
回想養了莉莉後，對自己造成的諸多不便。

茶泡飯

材料：
白飯 半碗
煎茶（或綠茶） 1 杯
高湯（可加可不加）
柴魚片 適量
喜歡的拌飯佐料 適量

作法：

1. 將米飯、柴魚片和喜歡的佐料（昆布、芝麻、梅干、海苔）放進碗裡，預留約半碗的空間倒茶湯。
2. 將茶泡得稍微濃一點，加入高湯（視個人口味調整比例，也可不加高湯）倒入碗中，覆蓋米飯。

每個被獨自留在家中的夜晚，品子最常用茶泡飯果腹，那時候陪在他身邊的也只有莉莉了。

■ 充滿功能性的家庭住所

2.
1.
3.

1. **防雨窗板**
   位於窗戶最外層類似門板的木造片，有防風、防雨、防盜的功能。莉莉離家回來時，就是因為窗板關上而不容易引起主人注意。

2. **土間**
   日本的傳統住宅從室外進入室內的過度地帶稱做土間。與室外隔著拉門相連，居民常常將此處當作保養農具或漁具的作業空間。

3. **榻榻米**
   日式房間鋪設地板的材料，從前以稻草編織，是稻作收割後的副產品，書中庄造與品子的媒人塚本先生即是以製作榻榻米為業。

不像人類可以在土間脫鞋，莉莉總是踏著戶外的泥沙上榻榻米，惹得阿凜非常不快。

■隨季節更換必備日用品

1.

2. 3.

1. **蚊帳**
   通常掛在四周樑柱上將被褥圍住，可確保睡眠時完全隔絕蚊子。莉莉是第一隻鑽得進蚊帳的貓咪，讓庄造十分驕傲。

2. **螺旋狀蚊香**
   蚊香早期為棒狀或粉末，一八九五年由大日本除虫菊株式會社改製為螺旋形狀。是庄造夫婦在簷廊聊天時不可或缺的用品。

3. **熱水袋**
   昭和年間常見的保溫器具，為金屬扁圓壺或水袋，內盛熱水放在被中或腳下取暖。是怕冷的品子冬天一定要帶進被窩的用品。

莉莉總愛鑽進被窩，夏天時讓蚊帳喪失功能而惹得福子不快，冬天卻能取代熱水袋伴品子入眠呢。

■偶爾奢侈的娛樂生活

盆栽
在器皿中種植植物、點綴山石的意境藝術。庄造在家除了與莉莉相伴外，也經常在院子中修剪枝葉。

拳擊
一八九七年左右引進，賽事期間總能吸引大批民眾觀賽、開立賭盤。故事中福子就曾與弟弟一起去看拳擊。

庄造帶回莉莉後，不是在家逗貓就是擺弄盆栽，一事無成，阿凜只好託人替庄造說媒，讓他趕緊成家。

derbeth@flickr

撞球

當時撞球間十分風行，是許多男性常常聚會的休閒場所。福子非常討厭庄造去那種場合，他總是得偷偷摸摸溜出去。

663highland@Wikimedia

電影

昭和年間是日本電影產業起飛的年代，許多戲院因應而生，文中的聚樂館即是其中之一，已於一九七八年閉館。

歌舞劇

明治中期開始，日本許多劇院開始展演歌劇。到寶塚觀賞少女劇團的演出，是庄造夫婦拿到零用錢後的消遣之一。

去偷看莉莉的那天，原本庄造是想出去打撞球，誰知卻被管得死死的，讓他越發想念莉莉的陪伴。

跟著庄造遊訪神戶

喜歡享樂的庄造，除了自己常常在住家附近閒逛外，在認識了家境富裕、熱情愛玩的福子後，兩人更是玩遍了神戶一帶的知名景點，依循他們的足跡，一一遊訪這座迷人的城市。

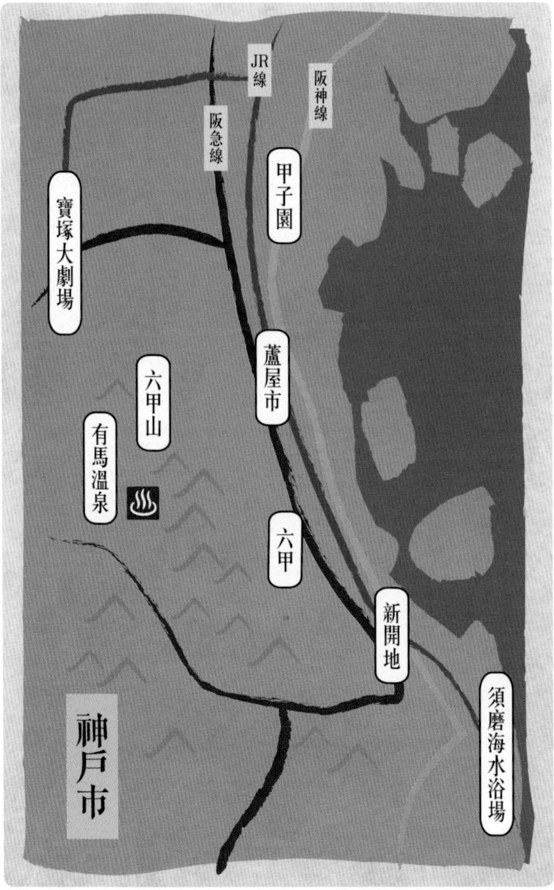
JR線
阪神線
阪急線
甲子園
寶塚大劇場
蘆屋市
六甲山
有馬溫泉
六甲
新開地
須磨海水浴場
神戸市

蘆屋市

蘆屋市位於兵庫縣東南側，是從大阪前往神戶的必經之地，由於日本戰後在此實施「豪宅條例」，至今仍為著名的高級住宅區，並被指名為國際觀光文化都市。谷崎潤一郎晚年長居蘆屋市，更經常將此地作為故事舞臺，庄造家經營的雜貨店就被設定在蘆屋市的舊國道附近，而品子也因為在山蘆屋幫傭才被介紹給庄造。

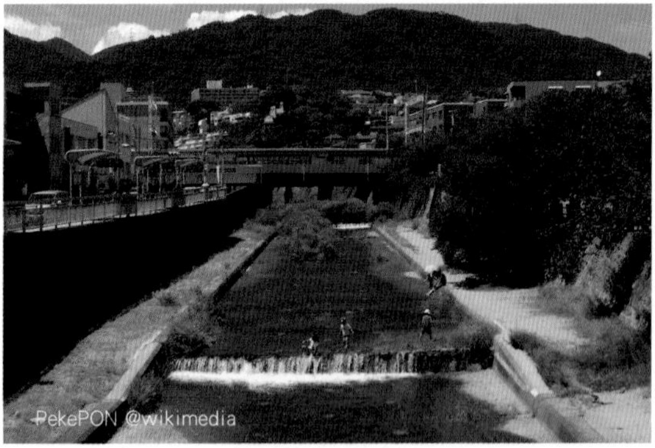

〈交通〉

兵庫縣蘆屋市，阪神本線→蘆屋站
JR 神戶線→蘆屋站
阪急神戶線→蘆屋川站

2.

1.

3.

1. 蘆屋川貫穿整個蘆屋市，已成為此處的地域指標
2. 文中經常出現阪神電鐵沿線，此為阪神電鐵蘆屋站
3. 谷崎潤一郎紀念館，由其晚年住所改建。

六甲地區

六甲山位於兵庫縣神戶市東灘區，為日本三百名山之一，山域隸屬神戶市、西宮市、蘆屋市、寶塚市。利用公車、纜車可連接摩耶山、有馬溫泉地區，為神戶市民喜愛的踏青去處，而登上標高七〇二米的摩耶山上所看到的夜景，更被譽為日本三大夜景之一。

離婚後品子寄居的妹妹初子家，就位於六甲山登山口不遠處，後來庄造來偷看莉莉時便把腳踏車停在登山口前，再步行到初子家。

〈交通〉

兵庫縣神戶市東灘區，JR 神戶線→六甲道站
阪急神戶線→六甲站

3.	1.
4.	2.

1. 緊鄰山腳下的六甲站依山傍水
2. 六甲高山植物園
3. 六甲登山纜車
4. 日本三大夜景之一：摩耶山掬星台

有馬溫泉

有馬溫泉位於神戶市北方，被稱作關西的「奧座敷」（將市郊溫泉比擬為接待貴賓的內廳），與道後溫泉、白濱溫泉並列為日本三古湯之一，全域內有：含鐵鹽泉、放射能泉、碳酸氫鹽泉等多種溫泉，日本名將豐臣秀吉曾多次造訪此區。庄造和福子口中的「御所坊」更是至今仍有營業的老牌旅店。

1. 有馬七大泉源之一的天神泉源
2. 有馬溫泉街道，有許多百年點心鋪
3. 有馬山區也是著名的賞楓名地

2.	1.
3.	

〈交通〉

兵庫縣神戶市有馬町，三宮巴士站→有馬溫泉站

六甲山頂搭乘有馬纜車→有馬溫泉站

佃煮
元祖
川上商店
663highland@wikimedia

663highland@wikimedia

須磨海水浴場

須磨海水浴場位於兵庫縣神戶市須磨區，緊鄰須磨海岸，是大阪、神戶區最大的海水浴場。在庄造尚未與品子離婚前，福子常常約庄造四處玩樂，兩人在海邊約會是改編電影的經典場景之一。

〈交通〉

兵庫縣神戶市須磨區，JR 神戶線→須磨海濱公園站

山陽電車→山陽須磨站

甲子園

位於日本兵庫縣西宮市，於大正天皇甲子年（一九二四年）落成，故命名為「甲子園」。是日本每年春、夏兩季舉辦全國高中棒球聯賽時的指定球場，因此「甲子園」三個字幾乎已成為日本高中棒球的代名詞。

〈交通〉

兵庫縣西宮市甲子園町，阪神本線→甲子園站

寶塚大劇場

位於兵庫縣寶塚市，是寶塚歌劇團本部，也是劇團最主要的公演場所。寶塚歌劇團的成員均為未婚女性，男角亦由女性「反串」演出，是日本極具代表性的歌劇劇團，也成立音樂學校培養演員。

〈交通〉

兵庫縣寶塚市，阪急寶塚線→寶塚站

JR 寶塚線→寶塚站

新開地

位於兵庫縣神戶市南部，約在舊湊東區、兵庫區一帶，在二次大戰開始前就成為了神戶市的主要商務區、娛樂區，因為電影院聚集曾是日本電影文化的指標之一，娛樂區沒落後，目前以辦公大樓和商業店舖為主。

大正、昭和年間，電影院多聚集此地

〈交通〉

兵庫縣神戸市兵庫區，阪急神戸高速線→新開地站
阪神神戸高速線→新開地站

目錄

貓與庄造與兩個女人

猫と庄造と二人のをんな

說真的，人的命運會如何只有老天爺知道，為了別人的幸福感到羨慕或嫉妒不是很笨嗎？

ほんとうに、人間の運命云うものいつ誰がどうなるか神様より外知る者はありませんのに、他人の幸福を羨まんだり憎んだりするなんて馬鹿げてますわねえ。

福子小姐：

原諒我擅自冒用小雪的名義寫了這封信，但其實我並不是小雪。我這樣寫，您應該就知道我是誰了吧？不不，我想您在拆開信封的瞬間，想必就已經察覺到「一定是那個女人」了。接著，您一定很火大，想著：「真是沒禮貌……那女人竟然擅自冒用朋友的名義寫信給我，簡直不要臉。」對吧？不過，福子小姐，請您也替我想一想。如果我在信封後面寫上自己的名字，想也知道一定會被他發現而中途將信截走的。我這麼做都是為了保證您可以讀到這封信——但是您大可以放心，我對您絕無半點怨恨，或是想要讓您聽我訴苦的意思。當然啦，如果我認真地想要抒發那樣的心情，哪怕是比起這封信多用個十倍、二十倍的篇幅都還不夠吧？不過，現在提那些又能怎麼樣呢？喔呵呵呵呵，多虧了一路走來吃過的苦頭，讓我變得堅強，不再老是以淚洗面了。雖然確實發生過一大堆讓人想哭或覺得不甘心的事，但我決定不再去想它們，盡可能開朗地過我的人生。說真的，人的命運會如何只有老天爺知道，為了別人的幸福感到羨慕或嫉妒不是很笨嗎？

我這個女人就算再怎麼沒教養，也很清楚像這樣直接寫信給您是很沒禮貌的。實在是因為再三拜託塚本先生傳話他都不肯，讓我別無選擇只能直接拜託您。或許您聽了會覺得我是不是打算提出什麼強人所難的請求，但我敢保證絕對絕對不是什麼會麻煩到您的事情。我只是想要您府上的一樣東西而已。話是這麼說，我可不是要您把他還給我喔。我想要的，是更不重要、完全不值一提的東西……其實就是妳們家莉莉。據塚本先生說，那個人已經首肯要把莉莉送給我了，是福子小姐您捨不得離開牠而不肯放手。欸，福子小姐，他沒騙我吧？原來就是您在阻撓著我實現這小巧而卑微的願望嗎？福子小姐，請您仔細想想我把比自己的生命還重要的人……不，不只這樣，還包括和那個人所建立起的和樂家庭裡的一切，全都毫無保留地讓給您了。我不僅一個碗蓋都沒帶走，就連嫁過去時帶著的行李有些都還留在那裡沒能取回。或許那些會讓人觸景傷情的東西還是眼不見為淨最好，但至少把莉莉讓給我可以吧？除此之外，我再也沒有任何強人所難的要求了。一直以來，就算再多屈辱我也都咬牙撐了過來。犧牲了這麼多，僅僅只是要求一隻貓作為交換，難道還是太過厚顏無恥了嗎？對您而言，牠或許只是一隻微不足道的小東西；但您一定不曉得牠能夠為我趕跑多少孤獨——我當然不希望被人認為是一名脆弱的女子，可是莉莉不在身邊，真的讓我寂寞難耐——畢竟如今這世上除了貓之外，根本沒有人要搭理我了。您已經讓我落得這步田地，卻還忍心再讓我吃更多苦頭嗎？眼見我如今這麼地寂寞與無助，難道您就冷血到一點都不感到同情嗎？

不不，您不是那樣的人。我很清楚，不肯拱手讓出莉莉的不是您，而是他。一定是的。畢竟他最喜歡莉莉了。他老是說：「就算我捨得和妳分手，也沒辦法和這隻貓分開。」而且不管是在吃飯還是睡覺時，他疼莉莉都比疼我要來得多。不過，若是這樣，他又為什麼不老老實實地說「我不想放手」，卻要把責任推給您呢？來，請您仔細想想其中的理由吧……

他把討厭的我趕走，和心中真正喜歡的您終成眷屬。和我在一起的那段日子裡，或許他不能沒有莉莉；然而如今讓那小東西留在兩位身邊，不也只是礙事而已嗎？還是說，要是莉莉不在身邊了，他還是會感到缺少什麼？這麼一來，豈不就表示您也和我一樣，在他的心目中還比不上一隻貓嗎？啊呀，真是抱歉！一不小心就胡說八道起來了……怎麼可能有那種事嘛。不過啊，他之所以刻意隱瞞自己的喜好而把責任推給您，不就證明了他對此多少還是有點內疚嗎……喔呵呵呵呵！啊，其實這些事情又關我什麼事呢？您說對吧？不過呀，勸您還是要留神呢。要是認為牠只不過是隻貓而掉以輕心，可是會連貓都會反過來騎在您頭上的。我說這些可絕對不是為了要害您，而是真心誠意為了您好。快點想辦法讓莉莉離開他的身邊吧。如果他不肯答應，豈不是更顯得可疑嗎……？

福子將這封信的一字一句都看進了心坎裡，裝做若無其事地瞄了瞄庄造與莉莉在做什麼。只見庄造正用二杯醋涼拌的小竹筴魚下酒，小口小口地喝著。庄造每喝一口，就會放下酒杯喊道：

「莉莉！」

一邊用筷子高高夾起一尾竹筴魚。莉莉則用後腳站起身來，將前腳靠在橢圓形的小茶几上，目不轉睛地瞪著茶几上的下酒菜。那副模樣，既像是酒吧裡靠著吧台的客人，又有幾分鐘樓怪人般的猙獰；眼見主人伸手將吃的舉高，牠終於忍不住快速抽動起鼻頭來，同時把大而靈巧的眼睛睜得圓圓地，由下往上瞪著，一如人在吃驚時流露出的表情。不過，庄造可沒那麼容易把魚給牠，反而是叫了一聲：

「拿去！」

夾著魚湊近牠的鼻尖之後，又收回來送進自己嘴裡。等他津津有味地把泡透了魚身每一吋骨肉的醋都給吸個乾淨，同時將感覺上硬得不得了的骨頭咬碎之後，才再次夾起來，忽遠忽近，忽高忽低地吊著牠的胃口。莉莉被逗得將前腳抬離茶几，舉到胸前兩側擺出有如幽靈索命般的姿勢，踏出搖搖晃晃的腳步追逐著半空中的目標。庄造見狀，便把莉莉的獵物移到牠的頭上並停在那裡不動。於是莉莉在看準目標後猛然跳起，同時在即將搆到目標時快速伸出前腳想要抓住它，但卻總是功虧一簣，只得再次縱身一跳。就像這樣，光是要讓牠吃到一尾小竹筴魚，就得折騰個五到十分鐘。

而這就是庄造在晚餐時不停重複的事。每餵完一尾魚就喝一杯酒，之後叫聲：

「莉莉！」

之後，再夾起一尾來。盤子上桌時約莫並排著十二、三尾約兩吋長的小竹筴魚，真要說起來他大概只吃個三、四尾就滿意了。剩下的，全都只是用嘴將二杯醋的醬汁吸乾，至於魚肉則都餵給貓咪了。

「啊！啊啊！好痛！很痛耶！喂！」

不久之後，庄造扯開喉嚨發出了突兀的叫聲。因為莉莉突然跳上他的肩膀，同時把爪子伸了出來。

「真是的！下來！還不下來！」

雖說已經過了九月半，來到了連殘暑也顯得有些力不從心的時節，但是庄造身為一個胖子，體質既怕熱又容易流汗。於是，當他搬著小茶几到不久前才因為淹水而留下一片泥濘的簷下走廊邊，在短袖襯衫上面套件毛線纏腰布，穿件麻料短褲歪歪斜斜地坐在那裡納涼時，莉莉跳上他那圓滾滾有如小山丘般多肉的肩膀上之後，為了避免滑下來，只得伸長了牠腳上的爪子，隔著一層薄薄的縐紗襯衫狠狠刺近他的肉裡。

「啊！好痛！好痛！」

庄造也只能一邊這樣哀號著，一邊嚷著：

「喔唷，還不快下來！」

同時試著搖動肩膀或歪向一邊。然而，這些努力都只讓莉莉為了不掉下去而把爪子伸得更長，最後甚至讓襯衫沾得血跡斑斑。

「真是亂來。」

庄造除了低聲這麼說之外，絲毫沒有動怒的跡象。莉莉似乎就看準了這一點，一邊用臉頰磨蹭著主人撒嬌，同時一看見他把魚放進嘴裡，就大膽地把自己的嘴也湊過去。等庄造把魚肉嚼了嚼之後用舌頭推出嘴來，牠馬上便會張口咬住。有時是一口拽走、有時只是咬下一小塊之後彷彿很高興似地舔舔主人的嘴巴周遭，有時則甚至和主人一人咬住魚的一端，比比看誰的力氣比較大。在這樣的過程中，庄造雖然時而會發出「嗚！」、「呸呸！」或「等、等一下！」之類的叫聲、時而板起臉來或吐口水，但他興高采烈的程度看起來和莉莉差不多。

「喂，怎麼啦——？」

在一連串動作好不容易告一段落之後，庄造將酒杯遞向老婆，旋即擔心地抬眼看了看她。不知為什麼，原本心情不錯的老婆突然連酒也不斟了，只顧著雙手交叉，直直地盯著自己看。

「那瓶酒倒完了嗎？」

庄造手一縮，把酒杯收了回來，怯生生地瞄了老婆一眼。然而她卻絲毫不為所動地說道：

「我有事情要跟你商量。」

說完，卻又有點不甘心似地一聲不吭了起來。

「怎麼啦？嗯？有什麼好商量的——？」

「老公，你還是把那隻貓送給品子小姐吧。」

「為什麼啊？」

這出乎意料之外的霸道發言讓庄造瞪大了眼睛。然而，老婆大人表情難看的程度也絲毫不比他來得遜色。這下，他真的越來越搞不懂現在是什麼狀況了。

「怎麼突然又提起這件事……」

「別管為什麼，送給人家就對了。明天馬上把塚本先生找來，趕快把貓交給人家吧。」

「到底是什麼意思啊？」

「你不肯照辦嗎？」

「等、等等！妳連理由都沒說清楚，叫我要怎麼照辦啊？難道牠有什麼地方惹妳不開心嗎？」

難道是在吃莉莉的醋？——這樣的念頭雖然閃過腦海，但卻又讓他覺得哪裡不太對勁的原因，在於他知道其實福子也很喜歡貓。在庄造還和前妻品子住在一起的時候，福子每次聽說她為了貓而吃醋的事蹟，都把她當笑話看。不僅從前如此，她在搬進來前，應該也已經充分體認到庄造愛貓成痴的習性才是。更何況，雖然行為不像庄造那麼誇張，但她自己也常和老公一起疼愛莉莉。像莉莉今天這樣，夫婦隔著小茶几對坐吃飯時，一天三餐不分時段總要跑來湊熱鬧的行徑，福子別說抱怨了，反而像是在津津有味地欣賞著馬戲團表演一般，從旁看著庄造一邊逗莉莉玩一邊小酌的晚餐情景，偶爾自己也夾點吃的丟給牠，或故意逗牠跳起來搶。莉莉的介入，對於這對新婚夫妻間的感情以及餐桌上的氣氛照理說只有正面助益，不構成半點妨礙。那麼，原因到底是什麼呢？一直到昨天，不，直到剛剛為止，他今晚已經小酌了五、六杯都沒事了，難道是為了什麼枝微末節的小事，才使得情況在不知不覺間有所轉變嗎？或者，從她提到「把貓送給品子」這件事來看，也許她是突然同情起了人家也說不定。

這麼說來，品子離開這個家時，也曾經提過希望帶走莉莉作為交換條件；之後也再三透過塚本居中斡旋，三番兩次表達過同樣的要求。然而，庄造認為沒必要認真看待她的話，每次都加以回絕。就塚本描述，品子早已不再眷戀那個把結髮妻子趕出家門，讓外面的野女人登堂入室的骯髒男人；但其實她現在還是忘不了庄造，就算再怎麼努力地想要恨他、怨他也都沒有辦法。到頭來，她還是想要一件能夠紀念這段感情的東西，也因此才會提出希望能把莉莉交給她的要求。之前一起住的時候，還曾因為老公太過寵愛莉莉，讓她忍不住在背地裡欺負牠；然而如今那個家裡的一切都叫她感到懷念，其中又以莉莉為最。品子大概是想，如果自己能把莉莉當成她與庄造的孩子來疼愛，也許能令心中的難過與苦楚稍微紓緩一些吧。

「我說石井老弟啊，只不過是一隻貓，又算什麼呢？讓人家苦苦哀求成那樣，你不覺得可憐嗎？」

塚本雖然這麼說，庄造卻總是如此回答：

「那個女的說的話怎麼能當真呢？」

畢竟她會算得很，話中老是還有話，讓人總覺得她好像是在騙人。再者，像她個性那麼好強、那麼不服輸的人，如今卻突然操起示弱的口吻說忘不了已經分手的男人、突然想好好疼愛莉莉什麼的，未免太令人起疑了。那傢伙怎麼可能會疼莉莉

——想必是打算把牠帶去隨心所欲地欺負一番消氣吧。再不然，就是硬要從庄造身邊奪走一樣他喜歡的東西，打算看他難受——不，或許比起這些孩子氣的報仇動機，她還有更深層的企圖；但那並非頭腦簡單的庄造能夠參透，頂多只會讓他覺得不太舒服，或越發引起他的反感罷了。再說，撇開這些不提，那個女的不也已經信口提了不少條件？雖說庄造這邊自知理虧，為了請她盡快搬走，對大多數條件都照單全收了；但如果除此之外連莉莉都要帶走，那也實在太過分了吧？因此，無論塚本再怎麼樣三番兩次地提起這件事，庄造都還是拿出他的看家本領，找個藉口推託。當然，福子對此不僅贊成，態度上甚至比庄造還要斬釘截鐵地多。

「好歹也說說理由吧！否則我完全想不到妳現在戲演到哪一齣了。」

庄造一面這麼說著，一面自己斟了一杯酒喝下。接著，他拍了一下大腿，開始東張西望地翻找，同時彷彿喃喃自語地說道：

「家裡沒有蚊香了嗎？」

天色已逐漸暗了，蚊群鑽過不遠處的木牆底下，朝屋簷下的走廊處飛來。原本彷彿吃太多了而在小茶几底下縮成一團的莉莉，在問題因自己而起時，早已悄悄走下庭院，鑽過木牆底不知到哪蹓躂去了。牠在飽餐一頓之後，總是會暫時不知去向一陣子；至於其中是否有幾分覺得不好意思的成分在，就不得而知了。

福子一言不發地起身走到廚房，拿了螺旋狀的蚊香點著之後放進了茶几下面，然後說道：

「你把那些竹筴魚都餵給牠吃了吧？真正吃進自己肚子裡的，我看不過兩、三尾吧？」

這次她的態度稍微和緩了些。

「我不記得了啦。」

「我可是算得清清楚楚的喲。盤裡一開始有十三尾，你給了莉莉十尾，自己吃的不就只剩下三尾了嗎？」

「那還真是對不住啊。」

「你真的知道自己哪裡對不起我嗎？你仔細想想嘛。我這可不是在跟貓吃醋喔。不過，之前我都說過不喜歡吃醋拌竹筴魚了，你卻說什麼可是你喜歡吃，硬是拜託我幫你準備。結果到頭來，你自己根本就沒在吃，反倒是都給拿去餵了貓咪……」

有關她的這番話，事情是這樣的——

在阪神電車沿線的西宮、蘆屋、魚崎、住吉等幾個聚落一帶，每天都會有魚販來此兜售在附近海邊抓到的「現撈竹筴」和「現撈沙丁」。這「現撈」自然是用來強調漁獲的鮮度，價格大約介於一碗十到十五錢左右，恰好可供三、四個人的小家庭加菜用。或許有鑒於這種漁獲的銷路不錯，每天都會吸引好幾位漁販們特地前來兜售；不過，不管是竹筴魚或沙丁魚，在夏季時節，長度頂多就是一吋左右，要等到秋天才會像是要追回進度般地急速長大。在牠們還小的時候，不管是鹽烤或油炸都不太適合，只能直接過火烤了之後泡進二杯醋醬汁中，再淋上點薑末，連骨頭一起吃。然而，福子之前就挑明了說自己不喜歡二杯醋醬汁，反對這道菜出現在自家的餐桌上。但凡吃的東西，總要熱騰騰油膩膩的才合她胃口；像這種冷冰冰、乾巴巴的食物，讓她吃了就覺得難過。她說出這種非常具有個人風格的小小願望之後，庄造又隨即改口表示她想吃什麼都隨她，但自己想吃的小竹筴魚會自己想辦法弄──於是每當賣現撈魚貨的販子路過，他總會主動把人家叫來，掏錢買一些。福子和庄造之間原本就是表兄妹關係，雖說嫁過門之後可以不必太過顧慮婆婆的臉色，從隔天開始便依然故我地任性起來，但再怎麼說也不能讓老公親自下廚。於是，到頭來她還是得心不甘情不願地準備二杯醋醬汁，陪著一起吃。更何況，這種情況雖說已經持續了五、六天，但卻一直到了兩、三天前，福子才察覺庄造不惜違背老婆的喜好也要點的這道菜，不僅他自己不怎麼吃，甚至都餵給了莉莉。於是，她慢慢開始仔細玩味這件事情──這些竹筴魚還小，骨頭夠軟，不用一一剔出魚肉，要不了幾個錢就能買到不少，而且最重要的，還是涼拌菜——可以說是最適合讓庄造每天晚上用來餵給貓吃的菜色了。也就是說，庄造所謂的「喜歡吃」，說穿了其實是貓咪喜歡吃才對。看來在這個家裡，做老公的可以完全不管老婆的喜好，完全以貓咪作為首要考量來決定晚餐的菜色。而原本以為自己是為了老公而強忍一切的老婆，其實只是為了滿足貓咪的口腹之慾來準備配菜，完完全全成了貓咪的幫傭。

「沒那回事！原本我也是自己想吃才會拜託妳的，但一看到莉莉那種垂涎三尺的模樣，不知不覺就都扔給牠吃了啊。」

「少騙人了！你打從一開始就是為了莉莉，硬著頭皮把不喜歡吃的東西說成喜歡吧？我看，在你心中，我大概連隻貓都比不上吧？」

「妳、妳怎麼這樣說……」

福子憑著咄咄逼人的氣勢彷彿一口氣把話都說完了，然而光是剛才這句話，就足以徹底擊潰庄造。

「不然，難道在你心中覺得我比較重要嗎？」

「那還用說！我懶得跟妳鬧了！」

「光是嘴巴上講有什麼用？拿出證據來啊。不然，誰會相信你這種人說的話？」

「那從明天開始就別再買竹筴魚了吧。好啦，這樣妳總沒意見了吧？」

「你還是快把莉莉送走吧。那隻貓最好還是盡快給我從家裡消失。」

雖說福子未必是認真的，但要是因此而掉以輕心，反而讓她賭起氣來就麻煩了。於是，庄造齊膝一跪，重新擺出正襟危坐的姿勢之後，身體微微前傾，將雙手擺在膝蓋上，一面說道：

「可是我說妳啊，明知道莉莉去了鐵定會被欺負，怎麼還忍心送去給人家呢？妳怎麼會說出這麼狠心的話啊？」

庄造採取的是哀兵策略，用彷彿在苦苦哀求的語氣對福子訴說著。

「好嘛，算我求求妳啦，別說那種話……」

由此看來，若把貓咪和太太往他心目中的天秤上一擺，顯然是前者要重得多。諸多一直以來刻意視若無睹的事實擺在眼前，福子已經不再有自我感覺良好的本錢了。

これは明らかに、猫と女房とを天秤にかけると猫の方が重い、と云うことになる。彼女は見ないようにしていた事実をまざまざと鼻先へ突き付けられて、最早や己惚れの存する余地がなくなってしまった。

「看吧！結果你還是比較心疼那隻貓嘛！如果你不想辦法處理莉莉，那我走就是了。」

「說什麼傻話啊！」

「我才不要被跟隻畜牲相提並論。」

不知是因為認真過頭或突然壓抑不住想哭的衝動，總之在某種連福子本人也沒有預料到的情緒推波助瀾下，使得她連忙轉過身去，背對著丈夫。

當品子冒用雪子名義寫的那封信送到手中的早上，福子的第一個念頭是，這個女人為了挑撥我們之間的感情，竟然不惜用這種手段惡作劇？怎麼可以讓她稱心如意！品子真正的用意，想必是讓福子看到她這樣寫之後對莉莉心生芥蒂，最後還是把牠送到自己的手中。這麼一來，她就可以拍著手大肆嘲笑一番：「看吧！妳不也和我一樣在吃貓咪的醋嗎？這樣看來，妳在老公心目中好像也沒多重要嘛？」而就算效果不如預期，這封信若能引起一場家庭風暴，那也夠有看頭的了。想要回敬她最好的辦法，就是夫妻倆更加恩愛，讓她看看兩人之間的感情絲毫不受影響的模樣；同時也要讓她徹底了解到她們夫妻倆同樣疼愛著莉莉，完全不打算放手——照理說，這應該是最理想的處理方式才對。

不巧的是，這封信來的時機不太對。這兩、三天以來，福子恰好正為了二杯醋拌竹筴魚的事情感到悶悶不樂，正想著要找機會教訓一下老公。實際上，她雖然沒有庄造所想像地那麼喜歡貓，但為了迎合庄造，同時也為了做給品子看，不知不覺地也開始喜歡起貓來。當她自己開始這麼覺得之後，自然而然也讓旁人如此認為。當時她剛介入這個家沒多久，正和婆婆阿凜一起盤算著要怎麼樣趕走品子。因此，搬進來之後，她也就順理成章地繼續疼愛莉莉，努力扮演一個喜歡貓的女人。然而漸漸地，這隻小東西的存在，開始讓她覺得礙眼。聽別人說，莉莉是西方品種的貓，從前來作客讓牠坐在腿上時，摸起來的觸感確實是軟得不得了。這隻漂亮的母貓不論是毛色、臉蛋或是身姿，都是這一帶少見的。當時的福子是打從心底覺得莉莉可愛，同時也無法理解品子怎麼會覺得這小東西礙事。「或許一旦被老公討厭了，連帶著心裡對貓也會有疙瘩吧？」——當時她並不是出於想要酸品子的情緒，而是真的這麼想。然而，一旦自己步上了品子的後塵，雖說明知老公還是很疼自己，和品子的待遇不可相提並論，但仍不知怎麼地覺得無法打從心底看她笑話了。之所以這麼說，也是因為庄造喜歡貓的程度有點超乎常人。當然，要疼牠不是不行，但是用口對口的方式（而且就在太太面前！）來餵魚，甚至還互相拉扯嬉鬧，未免也太旁若無人了。況且，莉莉硬要在晚餐桌上湊熱鬧這件事，老實說也讓她覺得不大痛快。

每到晚上，婆婆總會善解人意地自己先解決晚飯，早早上到二樓去；對福子而言，照裡說這是夫妻間好好相處的機會，然而卻總是被貓咪搶走了老公。有時乍看以為今晚不會跑來礙事，但只要一聽見架起小茶几的聲音或是擺放碗盤的碰撞聲，牠就會不知打哪冒出來。有時若不見牠現身，庄造便會爬上二樓、繞到後門或走到

門前的路上去大喊「莉莉！」、「莉莉！」，絲毫不以為忤。就算福子遞過酒杯安慰他說：「馬上就回來了啦，先喝一杯吧！」，他也總是一副坐立難安的樣子。這種時候，庄造滿腦子都想著莉莉，完全沒心思掛念老婆對此有什麼感覺。另外一個讓福子不高興的地方，就是莉莉連睡覺時都要來打擾。據庄造說，在他至今養過的三隻貓當中，只有莉莉知道要怎麼進到蚊帳裡頭來，所以老是誇牠聰明。仔細觀察牠所用的方法，原來是把頭緊貼著榻榻米上磨蹭，就這樣設法鑽進蚊帳裡。大多數時候，牠都睡在庄造的被窩旁邊，但天氣冷的時候也會縮在被褥上，或是如法炮製進入蚊帳裡的方法，鑽進夫妻倆的被窩裡。正因如此，在庄造所養過的貓當中，也只有牠曾撞見夫妻倆之間的祕密。

儘管如此，福子如今卻也缺乏一個契機，讓她能卸下喜歡貓的假面具，搖身一變開始討厭起貓來；再加上她自恃「對手只不過是隻貓」，所以才能一路忍到現在。在她心中早已認定「他只是把莉莉當成玩具，真正喜歡的其實是我。」、「只有我對他而言是獨一無二、無可取代的。」，要是為了這麼點稀奇古怪的理由胡思亂想，只會自貶身價而已。照理說，福子現在最該做的，是用更加寬大的心胸來對待莉莉，不再憎恨這隻無辜的小動物；同時轉換心情，迎合老公的興趣。然而，原本就沒什麼耐性的她，又怎麼能沉得住氣？正當她心中的不快逐漸表現在臉上時，恰好就讓她遇上了二杯醋拌竹筴魚這件事情。做人丈夫的，竟然可以為了逗貓開心，硬是讓妻子不喜歡吃的菜上了餐桌——而且為此還不惜假裝自己喜歡吃那道菜，以矇混妻子的耳目！由此看來，若把貓咪和太太往他心目中的天秤上一擺，顯然是前者要重得多。諸多一直以來刻意視若無睹的事實擺在眼前，福子已經不再有自我感覺良好的本錢了。

簡單來說，在這個時間點收到品子所寫的那封信，固然更進一步地激起了福子的醋勁，但同時卻也收到了遏止她將情緒一股腦發洩出來的效果。原本若品子沒有前來造次，福子也已經對莉莉的介入忍無可忍，正打算能夠趕緊和老公談妥，將貓送去給品子；然而如今遭到品子那樣惡作劇之後，就這樣乖乖把貓送上，也讓她覺得不舒坦。就這樣，她被夾在自己對老公的反感與對品子的反感之間，反而動彈不得了。事到如今，她也無法接受對老公坦白說出品子寫信的事情，跟他好好商量——畢竟本來好端端的，就算信裡所寫的沒一件是真的，這樣一來也變成是「品子促使她去這麼做的」。所以，關於信中的內容，她也只能選擇保密到底。至於到底是哪一方讓她比較不能接受嘛，品子的做法固然叫人火大，但老公對待自己的做法也同樣無法忍受。特別是後者由於每天都會看見，越發教人感到煩躁。而且，品子信裡寫的「要是掉以輕心，可是會被貓反過來騎在頭上」云云，其實正說中了福子的心事。雖然再怎麼樣想都不至於會發生那麼荒謬的事情，但若能讓莉莉從家裡消失，那福子也不用為此多加煩心了。可是倘若真的那麼做，感覺就像讓品子出了一口怨氣般，讓她心中很不痛快。福子一思及此便不禁賭起氣來，心想就算強忍住對貓咪的不滿，也不能讓品子稱心如意……就這樣，一直到這一天傍晚在小茶几前坐定為止，福子的內心都一直處在這種搖擺不定的狀態，並為之焦躁不已。然而，隨著盤中的竹筴魚逐漸減少，她一面一隻隻數著，一面望著一人一貓一如往常的親暱嬉鬧，終於再也壓抑不住心中的怒火，一股腦地朝丈夫宣洩出來。

本來福子開口只是為了讓庄造難堪，並不是認真地想要趕走莉莉。然而，問題之所以發展成讓她騎虎難下，有很大一部份要歸咎於庄造的態度。對庄造而言，福子完完全全有對他發飆的正當理由；他處理這件事最好的方式，便是爽快地答應她的要求，以避免無謂的爭執。如果他肯這樣釋出誠意，或許福子的心情也會因此而舒坦幾分，改口說不必做到那種地步之類的；然而，他卻硬是掰了個歪理出來，逃避面對問題。這算是庄造的壞習慣，照理說如果不想照做的話直說便是，但他卻會為了避免惹火對方，一路閃爍其詞到走投無路為止，再在關鍵時刻突然出爾反爾。乍聽之下會讓人覺得他似乎就要答應了，但實際上他卻怎麼也不肯說出決定性的那個「好」字，讓人覺得他是那種表面上懦弱，但其實心機算盡的狡猾角色。在福子眼中，老公明明其他事情都對自己百依百順，但唯有關於這個問題，嘴巴上一派輕鬆地說「只不過就是隻貓嘛！」但實際上卻就是不肯同意將牠送走。這說明了他對莉莉的喜愛遠遠超過想像，讓福子覺得不能再坐視不理下去。

「老公啊……」

當天晚上睡覺時，她爬進了蚊帳之後又提起這件事。

「欸，轉過來朝我這邊。」

「啊……我好睏，讓我睡啦……」

「不行。剛才那件事得先有個下文，才准你睡。」

「一定要今天決定嗎?明天再說啦。」

由於房間裡與戶外只隔了四扇並排的玻璃窗與一扇窗簾，讓門前夜燈的光亮得以微微透進店內深處。在昏暗的光線中，原本庄造已經把被子掀開，整個人仰躺著；然而在說完這句話之後，卻翻身過去背對太太。

「不准朝那邊！」

「拜託妳讓我睡覺好嗎？昨晚有蚊子跑進蚊帳裡，害我一夜沒睡好啊。」

「那就照我說的做。想要早點睡的話，就趕快給我做出決定。」

「妳這不是在折騰人嗎？到底想要我決定什麼啊？」

「就算你想裝傻，我也不會讓你矇混過關的。你到底肯不肯送走莉莉？現在就給我說清楚。」

「明天，妳讓我考慮到明天吧。」

話才剛說完，庄造便發出了睡得相當香甜的鼾聲，氣得福子說了聲「等一等！」，起身坐在老公身旁，用盡吃奶的力氣朝他的屁股擰了下去。

「好痛！妳幹什麼嘛！」

「平常讓莉莉抓得滿手傷也沒聽你吭過一聲，怎麼我稍微擰一下就覺得痛啦？」

「痛死啦！趕快住手好不好！」

「這樣算什麼嘛！與其讓你給貓抓，還不如由我來抓遍你全身好了！」

「好痛！好痛！」

庄造慌忙地爬起身來保護自己，一邊不斷叫出聲來；但因為不想讓二樓的老人家聽見，只得壓低聲音。誰知，原以為福子只是要擰人的，她卻突然開始抓起他來，從臉頰、肩膀、胸部、手腕到大腿，任何部位都不放過。每當庄造慌慌張張地想要大動作躲開，便會發出「磅噹！」的聲響，在家中迴盪。

「你有什麼話好說？」

「饒了我……拜託饒了我吧！」

「這樣你還想睡嗎？」

「哪可能睡得著啊！痛死了……全身都麻麻的……」

「那現在就給我乖乖回答，到底打算怎麼做？」

「好痛……」

眼見庄造又在逃避問題，苦著臉東張西望起來，福子說：

「又來這套！敢敷衍我，就準備吃苦頭吧！」

說著便用兩、三根手指往庄造臉上用力一掐。

「好痛——！」

庄造痛得只差沒有跳起來而已，哀號的聲音彷彿就要哭了。莉莉似乎也被他的舉動嚇了一跳，一溜煙地逃出蚊帳去了。

「為什麼要這樣對我啊？」

「哼！為了保護莉莉，受這點罪你應該覺得心甘情願吧？」

「妳怎麼還在說那種話啊？」

「我會在你耳邊一直唸、一直唸，直到你把話說清楚為止——好了，是要我滾還是送走莉莉，你自己選一個吧。」

「誰說要妳滾了？」

「那你答應把莉莉送走了?」

「這妳要我怎麼選啊……」

「不行,人家要你馬上決定。」

福子說完,開始用手朝庄造的心窩戳了起來。

「要選哪一個?回答我!快點!快點!」

「這麼粗魯做什麼……」

「今晚無論如何我都不會輕易放過你了!好了,快點!快回答!」

「真是的!好啦,把莉莉送走吧。」

「沒騙我吧?」

「我說真的啦。」

庄造閉著眼睛,彷彿剛做出一個必須犧牲自己性命的抉擇。

「但我有個條件——可以再給我一個禮拜時間嗎?這麼說妳聽了或許又要生

氣，但莉莉雖說是畜牲，好歹也在這個家裡待了十幾年，怎麼能說弄走就弄走呢？所以，再給我一個禮拜，讓我幫牠準備牠喜歡吃的東西、為牠做所有我能為牠做的事，再了無牽掛地把牠送走，這樣如何？妳在這段時間最好也收斂起脾氣，好好疼一疼牠。貓可是很死心眼的。」

庄造這番話聽起來發自內心，不像是在討價還價。聽他這樣苦苦哀求，福子也鐵不下心來反對。

「那就再給你一週時間喔。」

「我知道。」

「手伸出來。」

「做什麼？」

福子不等庄造說完，以迅雷不及掩耳的速度逕自伸手和他打了勾勾。

「媽。」

過了兩三天，趁著福子出門去澡堂的空檔，庄造放下手邊看店的工作往後屋走去，來到正自己獨享一套飯菜的母親身旁，彎下腰來，扭扭捏捏地開口說道：

「媽，我有事要拜託妳……」

每天早上，庄造的母親都會另外用土鍋煮一鍋飯，加比較多的水煮成像稀飯一樣軟的口感，放涼後盛進碗裡，再撒上點鹹昆布配著吃。這時，她恰好駝著背、低著頭，整個人彷彿要趴上眼前的餐點一樣。

「那個啊，福子她不知怎麼搞地突然討厭起莉莉來，說要我把牠送到品子那裡去……」

「前幾天你們吵得挺兇的不是嗎。」

「媽妳都知道啊？」

「大半夜的弄出那種聲音，嚇得我以為是地震呢。原來就是為了這件事啊。」

「是啊。妳看——」

說完，庄造伸出雙手，把襯衫的袖子給捲了起來。

「看，到處都是紅腫和瘀青。我臉上這邊也是，都還留著印子呢。」

「她為什麼要這樣對你啊？」

「還不就是吃醋嗎——光想到就覺得蠢，因為老公太疼貓而吃醋，這是哪一國的規矩啊？我看她已經有點不太正常了吧？」

「品子之前不也常說嗎？像你那樣疼貓，不論哪個女人看了都會吃醋的。」

「喔……？」

庄造從小就養成對母親撒嬌的習慣，到了這個歲數依然故我。這時的他就像個小孩子一樣，撐大了鼻孔，看起來百無聊賴地說道：

「只要是和福子有關的事，媽妳總是站在她那邊呢。」

「可是我說你啊，不管是貓也好、人也好，你光疼人家，絲毫不為剛嫁過來的老婆想想，也難怪她心裡會覺得不舒服了。」

「妳這麼說也太沒道理了吧！我不是一直都在為福子著想嗎？我最疼的就是她了啊！」

「如果你真的這麼想，那這一次就由著她無理取鬧吧。她也跑來和我提過了。」

「她什麼時候跟妳提的？」

「她是昨天這麼跟我說的——說她再也無法忍受莉莉待在家裡，再過五、六天就要把牠送去給品子。她還說已經和你講好了，是真的嗎？」

「我就是要跟妳談這個。雖說我們倆講好了，但媽妳有沒有辦法跟她好好講講看，看能不能讓她不要履行約定啊？我只能拜託妳了，媽。」

「可是她說，如果你不遵守約定，就要和你離婚。」

「那只是在嚇唬妳啦。」

「就算她真的只是在嚇唬人，但人家都把話說到那一步了，你就順了她的意又會怎麼樣呢？要是不照著說好的做，到時她可又要嘮叨個不停啦。」

庄造露出心不甘情不願的表情，嘟著嘴把頭一擡。原本想要慫恿媽媽去安撫福子的打算，這下是完全落空了。

「依福子的個性，搞不好真的會就此一去不回啊。就算她真的那樣做好了，到時候別人要是拒絕把女兒嫁給你這種把老婆晾在一邊光疼貓咪的男人，我看你怎麼辦？到時傷腦筋的難不成會是我嗎？」

「這麼說，媽其實也不是真的想把莉莉送走囉？」

「就是啊。總之為了讓她消氣，你就暫且先爽快地把貓送到品子那吧。等她心情好轉了之後，或許還能找個機會把莉莉給接回來啊。」

其實想也知道，一旦把貓送了人家，對方既不可能還，就算還了也沒道理接收；然而就像庄造習慣對自己的媽媽撒嬌一樣，做媽媽的也早就習慣了編這種漏洞百出的騙小孩藉口來安慰庄造。而就結果來看，她也總是能把自己的兒子治得服服貼貼的。

眼看已經是年輕一輩紛紛換上毛紡衫的時節了，這位只在單衣外面加件鋪了薄棉的短袖外衣、腳穿毛線襪的女性，看上去雖然只是一位身材瘦小、老態龍鍾的老婆婆，但頭腦卻還挺靈光的。她說起話和做起事來絲毫不馬虎，使鄰居們眼中紛紛認為這家人「做老媽的比兒子中用多了」。品子之所以被逐出家門，有人說其實也是她在背後穿針引線，而品子本人心裡甚至還有點割捨不下庄造呢。因為這種種緣故，這一帶討厭她的人也不在少數，大多數人其實還是比較同情品子。然而，據她的說法，就算婆婆看媳婦再不順眼，如果人家真心喜歡她兒子，照裡說應該連趕都趕不走才對，又怎麼會捨得離開這個家呢?想必一定是對庄造的感覺淡了才是。或許她說得也有道理，但若不是她和福子的父親出手，庄造再怎麼樣也沒膽把老婆轟走，卻也是不爭的事實。

追根究柢，庄造的母親和品子不知怎地打從一開始就不對盤。個性好強的品子雖然努力服侍著婆婆，盡可能地避免被雞蛋裡挑骨頭；但那種想盡辦法要面面俱到的做法，卻又讓庄造的母親心裡不痛快。她常說自家的媳婦雖然沒什麼不好，但總覺得她不是真心地想要呵護年邁的老人家，因此實在沒辦法坦然接受她的照顧。說穿了，就是因為婆媳倆的個性都太過認真，才造成兩人不和。即便如此，她們之間在表面上還是維持了相安無事約一年半左右的時間；不過，從當時開始，庄造的母親阿凜就常常嚷著對媳婦的不滿，老是跑去她在今津的哥哥家，也就是庄造的伯父中島家中借住，往往一住就是兩、三天。如果婆婆實在待得太久，做媳婦的前去探望時，阿凜就會趕她回去，要她叫庄造來。而當庄造去的時候，他的伯父與福子則會異口同聲地留人，就算眼見天色晚了也不放他回家。庄造自然也隱約感覺到這對父女似乎在打著什麼主意；但不論是去甲子園看棒球、到海邊玩還是去阪神公園，只要福子開口約他，他都一副無所謂的樣子應邀前去。兩人就這樣悠哉地四處遊山玩水，不知不覺發展出一種奇妙的關係。

庄造的這位伯父做的是製造與銷售甜點的生意，不僅在今津街上有間小工廠，同時也沿著國道在邊上蓋了五、六間房子出租，生活可以說是過得相當富裕。然而，他一直以來都為了福子感到相當頭痛。或許和母親很早就去世也多少有點關係，她進女學校念了兩年，就突然不知是被校方退學還是擅自決定不念了。自此之後，就再也沒見她安份下來過。由於福子曾二度離家出走，甚至鬧上了神戶地方報紙的版面，因此就算想幫她找門親事也乏人問津，而她本人也不想隨便下嫁窮酸人家。因為前述種種理由，福子的父親急著想把女兒嫁掉，希望能藉此讓她安定下來——而這些都被阿凜看在了眼裡。對阿凜來說，福子就像半個自己的女兒。她對福子的個性瞭若指掌，所以儘管有點美中不足之處，但她並不太在意。雖說福子的品性確實有點讓人傷腦筋，但阿凜覺得她好歹也到了能夠分辨是非的年紀，只要嫁了老公，諒她也不至於搞出在外面有男人之類的亂子來。除此之外，阿凜之所以能夠對福子如此包容，是因為她在嫁進門時名下還同時帶了兩間出租屋過來，每個月可以收六十三圓的房租。根據阿凜計算，由於福子的父親是在兩年前將房子過戶給她的，所以光這兩年的房租原封不動累積起來就有一千五百一十二圓。除了用來充當嫁妝的這筆錢之外，之後若持續把每個月收到的六十三圓租金存進銀行，十年之後又是一筆可觀的財產──這就是阿凜最大的目的。

阿凜的日子已所剩無多，貪這筆錢自然是一點意義也沒有的。不過，一想到庄造那個沒出息的小子在自己百年之後的生計該何去何從，她就覺得怎麼也放不下心。畢竟自從沿著阪急電鐵的新國道開通後，蘆屋這裡的舊國道就一年比一年冷清了。繼續在這裡賣生活雜貨自然不是辦法；但就算要換個地方，也得先設法把店鋪脫手才行。而就算真的找到了買家，之後該何去何從，又是個問題。庄造天生就對這種事缺乏危機意識，雖然不怎麼怕窮，但卻也沒看他認真學習做生意的本事。庄造十三、四歲時，曾經一邊上夜校，一邊到西宮的銀行去打雜；也曾經到青木的高爾夫練習場當桿弟；更長一點之後，甚至還曾去廚師底下當學徒；但卻沒一樣能持之以恆。就在庄造還渾渾噩噩地懶散度日時，父親突然去世，使他成了家裡這間日用雜貨店的老闆。按理說，他大可以把店裡的生意都交給母親打理，自己單槍匹馬地出去外面求職打拚；然而，他除了突然說想沿著國道開間咖啡店，跑去拜託伯父資助而碰了一鼻子灰之外，就只會每天玩玩貓、撞撞球、弄弄盆栽，或者到便宜的咖啡店裡去調戲女服務生，再也沒有其他建樹。於是，阿凜在距今約四年前，也就是他二十六歲的那一年，請了楊楊米店的塚本先生幫忙牽線，幫庄造找了在山蘆屋的某個府裡幫傭的品子做媳婦。然而也約莫就在那時，店裡的生意終於到了快要撐不下去的地步，每個月光是家用開銷便已捉襟見肘。由於庄造一家從他父母親那一代起就在蘆屋定居，看在長年的交情上，房東也暫時不好催得太緊；但每坪十五毛的租金拖欠了兩年之後，也累積來到一百二、三十圓，不是能夠輕易還清的數字。品子下定決心不再指望庄造之後，不僅開始接些裁縫的活來貼補家用，甚至開始變賣起婚前努力工作存錢買的一些隨身物品，但卻也不出多久就所剩無幾了。正因如此，要把這樣的一位好老婆趕出家門，在外人眼中根本是沒血沒淚的行為，也難怪附近鄰居無不同情福子的遭遇。就連阿凜，也得對這位苦撐家計的媳婦所掙來的五斗米低頭，只能抓住她的肚子不爭氣這點來挑毛病。至於福子的父親，也打著把福子嫁給庄造的算盤，想要藉此讓女兒安頓下來，同時紓解外甥一家的經濟窘境。既然連女方爸爸也覺得這麼做對雙方都好，自然便使阿凜更加積極地耍起手段。

因此，福子之所以會和庄造湊成一對，她的父親和阿凜居中穿針引線固然是原因之一；但就算沒有他們兩個搧風點火，庄造這小子其實也具備了某種人見人愛的特質。雖然他稱不上是美男子，但或許是因為他所流露出的那種孩子般的天真，或是溫和的氣質使然。他還在高爾夫球場當桿弟時，就相當受到前來打球的先生、夫人們喜愛，每到中元和歲末時節，收最多禮的總是他。就連在咖啡店裡，他也不知怎麼地挺受歡迎，因此學會了怎麼只花小錢就能瞎混上很長一段時間，同時也養成

了遊手好閒的習慣。總之，就阿凜而言，她耍了好些手段才讓這位帶著大把鈔票的新娘子進了家門，按裡說她和兒子為了不讓定不下來的福子跑了，想盡辦法討人家歡心都來不及了，區區一隻貓根本不構成任何問題才是。不，其實說實在的，就連阿凜也有點受不了這隻貓。莉莉原本是庄造結束在神戶那家西餐廳裡包住的工作時順道帶回來的。從那時起，家裡就常被這小傢伙弄得髒兮兮地。照庄造的說法，莉莉很有教養，一定會在貓砂上上廁所。雖然這一點確實挺難得的，但牠就算在外面想上廁所，也會特地回到家裡的貓砂解決，讓貓砂臭得不得了，同時也把家裡弄得臭氣熏天。不只如此，牠還會屁股沾著砂到處走動，把榻榻米上都弄得沙沙的。每逢下雨天之類的天氣，不只這種氣味會變得強烈到讓人受不了的地步，牠還會用踩過屋前泥巴地的腳直接進到屋裡，把家中印得到處都是牠的腳印。庄造也常誇說難得看到莉莉這麼聰明的貓，不管是家裡的門、紙門或紙窗，只要是可以用滑動的方式打開的，都難不倒牠。但是，牠再怎麼聰明，畢竟也只是隻畜牲，光只知道要開門，不知道還得把門關起來。於是天氣冷的時候，每次牠進了門窗，都得一一幫牠關上才行。就算這些都不打緊，家裡的紙窗也往往被牠戳得千瘡百孔，同時紙門和木門上也滿是牠的爪痕。還有一個讓人傷腦筋的地方是，不管生冷的、燉過或烤過的食物，都不能隨便擺放，只要一不留神就會進了莉莉的五臟廟。因此，在準備三餐時，就算只是在擺碗筷的那一小段時間，都得把飯菜放進碗櫃或罩在帳子裡。更糟的是，莉莉上起廁所來雖然很有教養，但嘴巴卻不怎麼聽話，有時候會到處亂嘔吐。追根究柢，這也是因為庄造太過熱衷於和牠在晚餐桌上玩耍，不知不覺就餵了太多魚給牠，讓牠吃得太撐；於是，晚飯後把小茶几收起來時，常常見到桌子底下掉了滿地貓毛，同時到處都是吃到一半的魚頭或尾巴。

在品子嫁過來之前，所有廚房的活以及善後清理都由阿凜一手包辦，所以她為了莉莉吃了不少苦頭。一直以來阿凜之所以能對此忍氣吞聲，全都是因為某件事情的緣故。大約五、六年前，她曾經半強迫地說服庄造把莉莉送給尼崎一戶經營蔬果店的人家，但約莫過了一個月左右，某天牠卻自己回到了位於蘆屋的家中來。如果是狗的話，這倒沒什麼好稀奇的；但貓兒竟然會為了思念前主人而走上五、六里路回到他身邊，可就分外惹人憐愛了。從那之後，庄造越發疼愛莉莉；而阿凜不知是心有愧疚還是覺得這貓有點邪門，也不再對牠表示任何意見。品子嫁過來之後，基於與福子同樣的理由——也就是方便阿凜用來欺負媳婦用，使得她反而偶爾會給牠一些好臉色看。所以，當庄造聽見連媽媽也突然站在福子那邊時，其實是感到相當意外的。

「可是啊，就算把莉莉送去給人家，牠又會自己跑回來的。畢竟人家可是曾經大老遠從尼崎自己找路回來哪。」

「就是說啊。不過，這次又不是送去陌生人家。雖然還不知道最後到底會怎麼樣，但就算真的又跑回來了，只要再送回去不就得了？總之，你就先把貓送走再說吧。」

「啊，這下該怎麼辦？真傷腦筋耶。」

就在庄造連聲嘆氣，還在想要如何討價還價時，門外傳來了腳步聲——是福子從澡堂回來了。

「塚本先生，都聽明白了嗎？你手腳可得盡量放輕點，別晃到牠了！就算是貓，也是會暈車的啊！」

「不用講那麼多遍，我知道啦。」

「還有這個。」

說著，庄造拿出一個用報紙包住的扁平包裹。

「本來想說終於要和牠告別了，在出發前要讓牠好好打打牙祭的；但要是在搭車前餵牠吃了東西，豈不是讓牠活受罪嗎？所以我買了牠喜歡吃的雞肉，用水燙過後包著。可以幫我跟對方說，等牠一到，就把雞肉餵給牠吃嗎？」

「沒問題，我一定幫你帶到。所以，你應該沒有其他事要交代了吧？」

「呃，再等我一下。」

庄造說完，再次掀起了蓋子，把莉莉從籃子裡抱了出來，一邊叫著：

「莉莉！」

一邊用臉頰磨蹭牠。

「妳到了那邊可要聽話喔。妳在那邊的主人不會再像之前那樣欺負妳的。人家一定會好好疼妳的，不怕喔。知道了嗎？」

原本就不喜歡人抱的莉莉被庄造摟得太緊，四隻腳懸空亂揮亂抓了一通。然而，一會兒被放回籃子裡之後，只試探性地撞了籃壁兩、三下，就好似放棄要出來了一樣，突然安靜了下來，讓場面更添幾分感傷。

庄造原本打算送到國道旁的公車站的，但因為被老婆鄭重警告從今天起除了上澡堂外連一步都不准出門，於是只能在塚本提著籃子離開後，像顆洩了氣的皮球似地孤伶伶地癱坐在店裡。福子不准他出門的理由，固然是怕他因為太過掛念莉莉，不知不覺地就晃到品子家附近去了。事實上，就連庄造也擔心自己會不會做出這種事來。就這樣，這對粗心大意的夫妻，在把貓交了出去之後，才察覺到品子真正的用意何在。

「原來如此！她是想要以莉莉作餌，把我引過去，等到哪天看到我在她家附近閒晃時，再逮著我訴訴衷情是吧？」——庄造一思及此，不僅對品子的心機越發感到難以忍受，同時也覺得被當作工具利用的莉莉實在可憐。如今他心中唯一的指望，就是希望牠能像從尼崎那戶人家沿路找回來一樣，從位於阪急電鐵沿線上六甲站的品子家溜回自己身邊。最近的一場水災讓塚本忙得焦頭爛額，本來說只有晚上有空來接貓的，庄造卻硬是要人家早上跑一趟的理由，除了因為覺得白天過去的話，才能讓莉莉在一路上認得路，方便牠沿路找回來之外，另一個理由是這樣能讓庄造聯想到之前牠從尼崎回來的那個早晨。那時是秋意正濃的時分，某日天將亮的時候，原本睡得正香的庄造，聽見了熟悉的「喵！喵！」聲，整個人清醒了過來。當時還單身的他睡在二樓、母親睡在樓下。由於時候尚早，防雨的窗板都還沒拉開，在半夢半醒間聽到這樣的叫聲，讓他越聽越覺得像是莉莉。庄造心裡固然明白一個月前才送到尼崎去的貓兒不可能出現在這裡，然而這叫聲實在越聽越像；再加上緊接著響起了一陣踩在白鐵皮屋頂上的腳步聲，啪噠啪噠地一路來到了窗外，讓庄造再也忍不住，起身一探究竟。沒想到拉開窗板一看，只見有隻貓咪在眼前的屋頂上走來走去，雖然身影看得出幾許憔悴，但絕對是莉莉不會錯。庄造懷疑自己是不是眼花了，於是叫了聲：

「莉莉！」

莉莉也回了聲：

「喵！」

然後好像相當開心似地張大了眼睛抬頭看著庄造，一邊朝他所站的窗台下方靠了過來。庄造每每伸手想要抱起牠，牠總是一個扭身躲到二、三尺之遙處，然而卻也不會走遠。只要庄造叫一聲：

「莉莉！」

牠就會應一聲「喵！」，朝庄造靠過來。這時若試著伸手抓牠，則又會被牠從手掌心溜走。庄造就喜歡貓這一點。明明都特地跑回來了，想必是很想念主人才對，然而一旦回到了懷念的家、見到好久不見的主人，卻對他伸出來要抱自己的手左躲右閃地。這樣的舉動既像是在撒嬌，同時也有點像是隔了一陣子後重逢時的靦腆。這樣的情況維持了一陣子，莉莉每聽見主人叫自己的名字便「喵！」一聲回應，同時在屋頂上徘徊著。庄造雖然第一眼就發現牠瘦了一些，但此時再仔細一看，牠不只毛色的光澤不比一個月前，就連脖子和尾巴週圍都滿是泥巴，而且全身上下到處都黏著芒草穗。據說收留牠的那戶經營果菜店人家也挺喜歡貓，照說牠在那裡應該不會受到虐待才是。因此，莉莉全身上下的狼狽模樣，就說明了一隻貓想要從尼崎來到這裡，需要歷經怎麼樣的困難。能在這個時間抵達，昨夜牠想必是走了一整晚；且整趟路程想必不只一晚，恐怕是在幾天前就溜出了那戶經營果菜店的人家，連續好幾天晚上露宿街頭、四處迷路之下，才終於來到這裡的吧？從牠身上的芒草穗來看，牠顯然不是沿著兩邊都是民房的馬路找回來的。貓這麼怕冷的動物，早晚的風不知讓牠吃了多少苦頭？況且，這個季節的雨總是一陣一陣地下，想必牠一路上不是被雨淋得只得躲入草叢，就是被狗追得只能往田裡躲，有一餐沒一餐地走著。庄造一思及此，就想要快點把牠抱起來摸一摸，於是把手探出窗外了好幾次。漸漸地，莉莉儘管還有幾分害羞，但仍慢慢蹭了過來，讓主人摸個痛快。

不論是撒嬌的時候、惡作劇的時候或是盯著目標的時候，都是那麼地可愛。其中又以生氣時最有看頭，牠的身體雖然嬌小，卻還是學著其他貓咪那樣，拱起背來，豎起全身的毛，同時尾巴直直翹起，跨出腳步來瞪著人。那副模樣，就像是小孩子在裝大人一般，任誰看了都會露出會心的微笑。

就中そのぱっちりした大きな眼球は、いつも生き生きとよく動いて、甘える時、いたずらをする時、物に狙いを付ける時、どんな時でも愛くるしさを失わなかったが、一番可笑しいのは怒る時で、小さい体をしている癖に、やはり猫なみに背を円くして毛を逆立て、尻尾をピンと跳ね上げながら、脚を踏ん張ってぐっと睨まえる恰好と云ったら、子供が大人の真似をしているようで、誰でもほほ笑まんでしまうのであった。

後來一問才知道，當時莉莉大約是在一週前從尼崎的那戶人家中不見蹤影的。那天早晨莉莉的叫聲和表情，都讓庄造至今仍記憶猶新。除此之外，還有太多太多關於莉莉這隻貓的二三事，無論是牠的一個表情、一聲叫聲，都伴隨著各式各樣不同的場合，深深烙印在庄造的腦海中。例如，庄造至今還能清晰地回想起從神戶把莉莉帶回來那一天的情況。那時他剛辭了在神戶的那間「神港軒」裡的工作回到蘆屋來，算算恰好是他二十歲，也就是他父親去世那年，剛做完七七法事沒多久的時候。在那之前，庄造在店裡的廚房一共養過兩隻貓，頭一隻是三花毛色，死掉之後又養了一隻名叫「小黑」的黑色公貓。後來，店裡熟識的肉舖老闆說他那有隻歐洲品種的可愛貓咪，沒多久就把剛滿三個月的小母貓送給了庄造——也就是莉莉。庄造在辭去工作時把小黑託給了店裡廚房，卻捨不得這隻小貓，於是就把牠和自己的行李一起借放在某家商店的手拉車一角，就這樣運回了位在蘆屋的家中。

據肉舖老闆說，英國人管莉莉這種毛色的貓叫「鱉甲貓」，全身以茶色為底色，四處點綴著黑色的斑點，同時散發出光澤般的模樣，確實很像打磨過的鱉甲表面。庄造至今為止從來沒有養過像牠毛色這麼漂亮、這麼惹人憐愛的一隻貓。一般而言，歐洲品種貓咪的肩部線條不像日本貓那樣有稜有角，呈現出一種有如美人香肩般柔和的下垂曲線，給人清爽但又帶點雅致的感覺。日本貓的臉通常呈長形，同時有著眼睛下面凹下去、臉頰骨凸出來等特徵；相較之下，莉莉的五官則都塞在那張形狀有如蛤蜊般倒三角形的小臉上。為牠臉上刻劃出鮮明輪廓的，除了有雙銳利而美麗的金色大眼外，還有一只總是神經質地微微抽動著的小鼻子。不過，庄造之所以受到這隻小貓吸引，不是因為牠的毛色、臉蛋或體型。單論外觀，庄造自然見過更漂亮的波斯貓和暹羅貓之類的品種，但莉莉的個性就是讓他愛不釋手。莉莉剛被帶回蘆屋時小到足以放在掌心，但那時她任性調皮的個性，簡直就像個七、八歲的小女孩——差不多相當於剛上國小一、二年級，正愛惡作劇的小女生。那時牠的動作也遠比現在靈活，吃飯時只要夾起食物在她頭上晃一晃，牠就會一口氣跳個

三、四呎高想要抓住；要是坐著的話，牠一下子就搆著了，使得庄造常常吃飯吃到一半就得站起來。他從當時就開始訓練莉莉做出那種雜耍般的吃飯技巧，每讓牠得手一次便把夾著食物的筷子抬得更高，從三呎、四呎一路到五呎，使得最後莉莉甚至能夠一舉跳到人的膝蓋高度，接著便抓著和服下擺，一溜煙地通過胸部爬上主人的肩膀，然後像隻在樑上跑來跑去的小老鼠般，沿著手臂往筷子的尖端移動。有時，牠還會跳上店裡的窗簾，一路爬到天花板上，沿著樑柱的這端走到另一端，再抓著窗簾滑下來，並像水車般不斷反覆這樣上上下下的動作。莉莉在這樣玩耍時表情豐富得不得了，從眼睛、嘴角到鼻翼的抽動，以至於每到一個段落便吸氣吐氣一下來轉換心情的舉止，簡直就和人沒什麼兩樣。尤其是那對睜得大大的眼睛，總是伶俐地動來動去；不論是撒嬌的時候、惡作劇的時候或是盯著目標的時候，都是那麼地可愛。其中又以生氣時最有看頭，牠的身體雖然嬌小，卻還是學著其他貓咪那樣，拱起背來，豎起全身的毛，同時尾巴直直翹起，跨出腳步來瞪著人。那副模樣，就像是小孩子在裝大人一般，任誰看了都會露出會心的微笑。

庄造也忘不了莉莉第一次當媽媽時那種彷彿有千言萬語要訴說的眼神。那約莫是在帶牠回到蘆屋之後半年左右的事情。某天早上，牠感覺自己即將臨盆，於是開始跟在庄造後面喵喵叫著。平時莉莉睡在一個汽水瓶空箱中，裡頭鋪著舊坐墊，就擺在壁櫥深處。於是，當庄造把牠抱過去之後，牠雖然在裡頭待了一下，但很快地又推開壁櫥的紙門跑了出來，一邊叫著一邊跟著主人。那種叫聲是庄造至今為止從來沒聽過的。雖然同樣是「喵！」的一聲，但在這聲「喵！」當中，蘊含了至今為止的「喵！」中所未曾有過的奇特意涵。簡而言之，就像是在說：「啊，該怎麼辦才好？我的身體突然變得不太對勁，好像要發生什麼神奇的事了。我從來沒有過這種感覺耶。欸，我該怎麼辦才好啊？這真的不要緊嗎？」不過，庄造卻對牠說：

「不用擔心。妳很快就要當媽媽了喔。」

語畢摸了摸牠的頭，牠便順勢伸出前腳搭在庄造的膝蓋上，像是有求於他一般叫了聲：「喵！」，同時兩顆眼珠不停打轉，彷彿拚命想要弄懂主人所說的話一般。於是，庄造再一次將牠抱到壁櫃深處的汽水箱裡，叮嚀道：

「聽好了，妳可要在這裡乖乖的，不可以亂跑出來喔。聽到了沒？懂了嗎？」

他喃喃地說完後，拉上紙門正準備起身，便聽見莉莉又叫了一聲：

「喵！」

聲音聽起來相當難過，彷彿在說：「等等！拜託請待在這邊不要走啊！」。庄造聽了之後這下也走不了了，於是把紙門拉開一條細縫，往裡頭偷看一眼。只見莉莉從堆滿了各式行李、用包布裹著貨品的壁櫃深處汽水箱裡探出頭來，一邊喵喵叫著，一邊看著自己。當時，庄造覺得莉莉的眼中充滿了情感，完全不像是一般動物會有的眼神。雖然說來很不可思議，但那雙在昏暗壁櫃中閃閃發光的眼睛裡，已沒有半分愛惡作劇的小貓神色，而在轉瞬間成為一種散發著難以形容的魅力、冶豔與哀愁的成熟雌性眼神。他雖然沒見過女人臨盆，但若是一位妙齡美女，在即將生產前想必也會露出和莉莉相同這種看似憤恨又似寂寥的眼神，叫喚自己的丈夫吧。庄造好幾次關上紙門想要起身離去，卻又忍不住回頭來開門窺探；而莉莉每次都會從箱中探出頭來看向這邊，雙方一來一往，就像在和小孩子玩躲貓貓一樣。

那已經是十年前的事了。品子嫁進來也不過是四年前，也就是說，在那之前整整有六年時間，庄造都住在蘆屋家中的二樓，生活中除了母親就是莉莉這隻貓咪。有些不瞭解貓的人，會說貓跟狗比起來是種無情的動物、對人老是愛理不理的，或是批評牠們自私。庄造每次聽見這種說法，就覺得他們又沒有像自己一樣長時間和貓獨處的生活經驗，怎麼能了解貓有多可愛？之所以這麼認為，是因為貓這種動物天生害羞，只要有第三者在，不僅絕不會對主人撒嬌，甚至還會刻意表現得疏遠。莉莉自然也不例外。只要是在庄造的母親看得見之處，就算庄造叫牠，牠也會裝作沒聽見，或乾脆一溜煙跑掉；但一旦只剩下他們兩個獨處時，就算庄造沒吭聲，牠也會主動坐上他的膝頭來。牠常常用額頭抵著庄造的臉，把整個頭湊上來，一邊用牠那沙沙的舌尖舔舔主人——從臉頰、下巴、鼻頭到嘴巴周圍，大致上全給牠舔遍了。晚上莉莉總是睡在庄造旁邊，到了早上再用舔遍整張臉的方式叫他起床。天冷時，莉莉會從放枕頭的那一側鑽進棉被裡，或者鑽進庄造的懷中，或者溜到大腿間，甚至繞到他的背後，直到找到好睡的角落為止。就算好不容易安頓下來了，只要一個不順心，馬上又會換個姿勢或位置。到頭來對牠而言，還是把頭枕在庄造的手腕上，臉貼著庄造的胸前，和他臉對臉才是最理想的睡姿；然而只要庄造稍稍一動，牠就會覺得被打亂了，又得鑽來鑽去，找上好一陣子。所以每當莉莉鑽進被窩裡頭之後，庄造都得認命地借出自己的一隻手，同時盡可能地維持良好的睡相，讓自己的身體保持不動。這種時候，如果他用另一隻手摸摸貓最喜歡人家摸的地方，也就是脖子周遭的部位，莉莉馬上便會舒服得發出呼嚕嚕的聲音。之後，牠會開始咬庄造的手指、伸出爪子抓他，或者流流口水——這都是牠情緒亢奮時的舉動。

有一次，庄造在被窩裡放屁，嚇醒了睡在被子上半邊的莉莉。只聽見牠發出奇怪的叫聲，彷彿是覺得有什麼可疑的傢伙躲在被窩裡似地，帶著狐疑的眼神連忙進去裡頭找了起來。還有一次，庄造也不管莉莉不太情願，硬是要將牠抱起來時，卻被牠從手中掙脫，並且在沿著身體往地下溜去的同時，正對著庄造的臉放了一個非常臭的屁。應該是因為庄造的兩手剛好壓到了莉莉剛吃飽沒多久還圓鼓鼓的肚子吧。更倒楣的是，當時牠的肛門正好就通過庄造臉的正下方，於是從腸道裡排出的氣體，直直往他的臉上招呼了過去。那味道之難聞，就算庄造再怎麼喜歡貓，當時也「嗚哇！」地叫了一聲，放開手讓牠掉到了地板上。後來庄造整天都能聞到那種味道，不管怎麼擦洗，甚至用肥皂刷也還是揮之不去。臭鼬為了自保放出的臭氣，或許也不過如此。

當牠還是隻小貓時那種快活、惹人憐愛的眼睛，是什麼時候
開始蒙上悲傷的色彩的？

仔猫の時にあんなに快活に、愛くるしかった彼女の眼が、いつからそう云う悲しげな色を浮かべるようになったかというと、

庄造為了莉莉而與品子起口角時，曾經用「我和莉莉可是親密到連彼此的屁味都聞過了」這種話酸過她。就某種角度來看，莉莉雖說只是隻貓，但庄造畢竟和牠一起生活了十年之久，箇中緣分不可說是不深；正因如此，若說庄造和牠的關係比起和福子或品子都還要來的親密，似乎也有幾分道理。實際上，庄造和品子在一起的時間雖說前後長達四年，但若是算得精準些，其實只一起生活了兩年半而已；而福子來到這個家也才剛滿一個月左右。這樣看來，長年累月一起生活的莉莉，和庄造之間共享著更多不同情景的回憶，幾乎可以說是這個男人過去的一部分了。因此，就算他到現在還對於送走莉莉感到痛苦萬分這件事不能說是「人之常情」，似乎也不至於要用到怪癖或愛貓成癡之類的負面詞彙來形容他。到了這步田地，他才終於開始恨自己的懦弱與沒膽，僅僅因為無法招架福子的咄咄逼人與母親的叨念而輕易就範，必須眼睜睜地將重要的朋友拱手送給他人。為什麼自己不更堂堂正正地、充滿男子氣概地理論一番呢？為什麼自己沒有更強硬地對老婆和媽媽表達自己的堅持呢?就算這麼做了之後可能還是會得到同樣的結果,但像這樣完全沒有做出任何抵抗,未免太對不起莉莉了。

如果莉莉當時沒有從尼崎那戶人家跑回來呢?畢竟當時也是他一度同意把莉莉送人的,這麼一來他或許也能乾脆地死心吧。但是,那天早上,他好不容易伸手抓住了那隻在鐵皮屋頂上叫個不停的小貓,緊緊地抱住牠,把臉頰貼過去廝磨的那一瞬間,心中所想的是:「啊啊,我對牠做了好過分的事。我真是個殘忍的主人。今後不管發生什麼事,我都不會再把牠送走了。我要養牠一輩子。」他不只是在心中暗暗發誓,心情上也像是對莉莉許下了重大的承諾一般。因此,庄造一想到這次又像那樣讓牠離開了這個家,就覺得自己做了非常冷酷無情的事。更讓人覺得不捨的是,最近這兩、三年,莉莉明顯上了年紀,無論是身段、眼神還有毛色的光澤等等,都流露出老態。不過,這也是理所當然的。當庄造把牠放在拖車上帶回家時,他自己也不過只是個二十歲的小伙子,如今眼看著明年就是而立之年了。更何況對貓而言，十年的光陰，相當於人類的五、六十年，那麼莉莉的精神大不如前這件事，似乎也很合理。只是，對庄造而言，當年能夠爬到窗簾上面做出有如走鋼索般靈敏動作的那隻小貓的身影，於今想來就好像是昨天的事一般記憶猶新；是故當他看到如今腰身整個消瘦下來、為了抓個好的低頭角度還得邊走來走去邊搖頭晃腦個老半天的莉莉，感覺就像是看到了世事無常的縮影體現在他面前，讓他心中感到某種說不出的哀戚。

有許多事例都能佐證莉莉的體力已大不如前。例如，牠已經沒辦法跳得像之前那麼高了。當牠還是隻小貓時，能夠跳到和庄造身高差不多的高度，並且恰好可以抓住高處的食物。不只餵牠吃東西的時候如此，無論在什麼時候拿了什麼給牠看，牠都會馬上有反應。然而，隨著年齡增長，牠跳起來的次數也逐漸減少。到了最近，甚至連在牠肚子餓時拿吃的在牠眼前晃晃，牠也要先確定是不是自己喜歡吃的東西，才會有所動作。而且，還只能把食物放在牠頭上一呎左右的高度才行。如果再高一點，牠就會索性放棄用跳的，改從庄造的身上爬過去。如果連爬的力氣都沒有時，就會抽動牠的小鼻子，露出看起來很想吃的樣子，用牠特有的那雙充滿哀愁的眼睛看著庄造，就像吃定了主人懦弱的性格，用眼神向他傳達這樣的訊息：

「拜託，請可憐可憐我吧。我肚子餓了，想要跳起來吃那個東西，但畢竟都這把年紀了，實在沒辦法像以前那樣。拜託你了，別那樣子折騰我，請趕快丟給我吃吧。」

庄造就算看見品子露出悲傷的眼神，也不曾被深深打動過；然而不知為什麼，被莉莉用那種眼神看著，卻讓他有種說不出的難受。

當牠還是隻小貓時那種快活、惹人憐愛的眼睛，是什麼時候開始蒙上悲傷的色彩的？追根究柢，還是得從牠第一次生小貓那時說起。當牠從壁櫥深處的汽水箱中探出頭來，徬徨無助地看著主人時，哀愁的影子便已經滲入了牠的雙眼當中，之後隨著年華逐漸老去而越發深厚。因此，庄造偶爾會一面看著莉莉的眼睛一面納悶，這隻小東西雖然聰明，但終歸是走獸，為什麼眼神看起來會如此饒富深意？是不是心中真的有什麼難過的事呢？之前養過的三花貓或黑貓，就從來沒露出過這樣悲傷的眼神。或許跟牠們原本就有點笨笨的有關吧。然而，莉莉的個性其實也不算是特別陰沉孤僻，小時候甚至還挺調皮的；就算當了媽媽之後，跟別的貓打起架來也依舊強悍，鬧起來的時候也總是能把周遭整得天翻地覆。只有在對庄造撒嬌時，或是看似百無聊賴地曬太陽的時候，牠的眼睛會充滿著哀愁，甚至有點濕潤，就像噙著淚水一樣。起初，牠這個樣子還帶有幾分嬌媚，然而隨著年齡漸長，原本清澈的眼眸變得有些混濁，眼睛周遭也開始囤積眼垢，轉變成一種露骨的哀傷，讓人不忍多看。或許，這本來並不是屬於牠的眼神，而是成長過程與環境的氛圍對牠造成的影響。畢竟，人在吃多了苦頭之後，往往長相和性格也會有所改變，可能貓也是一樣的。這麼一想，庄造就更覺得對不起莉莉了。之所以會這麼覺得，是因為至今為止雖然朝夕相處了十年，庄造自然是沒有虧待過莉莉，然而卻一直都是過著只有他們倆的簡素生活。畢竟牠來到這個家裡的時候，庄造是和母親兩人相依為命，論熱鬧，自然比不上神港軒的廚房。再加上庄造的母親嫌莉莉吵，於是做兒子的只好帶著貓窩在二樓低調過日子。就這樣過了六年。後來品子嫁了進來，這位新的家庭成員卻也嫌莉莉礙事，讓牠的處境更為艱難。

最讓庄造覺得對不起莉莉的，是照理說他應該把牠生的小貓留下來，讓牠好好照顧牠們；然而每次莉莉只要一生產完，他卻急著找想要小貓的人家，盡快將牠們送走，一隻都不留下。偏偏莉莉卻很會生，在其他母貓生產兩次的時間當中，牠可以生三次。雖然不知道那些小貓們是跟哪來的貓生的，但生下來的都算是「混血兒」，還是可以看出幾分鼈甲貓的影子，因此想要收養的人家並不難找。不過，有時庄造還是得偷偷把小貓帶到海邊，或者蘆屋河的堤坊邊的松樹下丟掉。庄造這麼做固然是為了不想觸怒母親，然而另一方面，他自己卻也覺得莉莉之所以老得這麼快，頻繁的生產或許也是原因之一，因此打算既然無法防止牠懷孕，至少不能讓牠餵母奶。事實上，牠每次生完小貓之後，也的確明顯地老了許多。庄造每次看到牠像袋鼠一樣頂著個鼓鼓的肚子，露出非常寂寞的眼神時，總會用捨不得的語氣對牠說道：

「真是隻笨貓耶。像妳這樣一直大肚子，馬上就要變成阿婆貓了啦！」

帶莉莉去看醫生時，聽獸醫說若牠是公貓的話可以幫忙去勢，但母貓的手術則不太好做，庄造甚至曾經表示：

「那可以請你幫牠照X光，照到牠無法生育嗎？」

這句話惹來獸醫一陣訕笑。對庄造而言，這一切都是為了莉莉好，並不是想要冷酷無情地虐待牠；然而他畢竟是奪走了牠的骨肉血親，讓牠嚐盡了寂寞與形單影隻的滋味。如此悉數這些年來他所做過的事，確實讓莉莉吃了不少苦。一直以來都是他因為莉莉而獲得慰藉，然而莉莉卻過得一點也不開心。特別是最近一兩年，由於夫婦不合與家計窘困，讓家中老是鬧哄哄的，連帶使得莉莉也被捲入其中，不知道該如何自處。當庄造的母親從今津的福子家派人來叫庄造去接他時，莉莉總是會趕在品子之前抓著他的袖口，露出悲傷的眼神來留住他。等庄造狠下心來甩開牠出門之後，牠又會像小狗一樣，跟上一町、兩町的距離。因此，比起品子，庄造其實還比較掛念莉莉，總是念著要盡早趕回來；然而有時若是在今津住上了兩三天，回到家時不知是否是心理作用，總覺得牠眼中的陰影又更加黯淡了。

這隻貓或許活不長了——最近，庄造心中偶爾會浮現這種預感，類似的夢也做了不下一兩次。在夢中，庄造的哀慟不下與親生手足訣別，哭得滿臉淚痕；然而若有一天莉莉真的走了，他覺得到時自己的反應也將會和夢境中相去無幾。這樣反覆思量之後，庄造對於自己輕易放手送走莉莉更加感到不甘心，同時也氣自己沒用。他甚至開始覺得莉莉那種眼神，似乎正從某個角落充滿憤恨地望著自己。如今雖然後悔也於事無補，但自己到底為什麼會殘忍地把牠弄走，不讓牠在這個家中安享天年呢……

「老公，你知道品子為什麼會想要那隻貓嗎？」

這天傍晚，福子看著一個人默默對著小茶几，落寞地舔著酒杯邊緣的老公，有點害羞地這麼說道。

「不知道耶，為什麼呢？」

庄造選擇裝傻。

「她一定是認為只要莉莉在自己手上，你就一定會去見她。你說是嗎？」

「我怎麼可能會那樣……」

「不會錯的。我也是今天才察覺到她的用意。你可別上她的當啊。」

「我知道的。誰會上她的當啊。」

「你保證？」

「哼哼。」

庄造對此嗤之以鼻，繼續說下去：

「這種事情還需要妳提醒嗎？」

說完，又舔了舔酒杯邊緣。

塚本先生說自己今天很忙得要先告辭之後，把籃子往玄關一放就離去了。品子提著籃子爬上又窄又陡的樓梯，走進自己位於二樓那間四張半榻榻米大小的房間。她把能夠用來出入的紙門和玻璃窗都緊緊關上之後，才將籃子放在房間中央，把蓋子打開。奇妙的是，莉莉並沒有立刻從狹小的籃子中出來，而是只探出頭，好像覺得很不可思議似地打量著室內的環境，之後才緩緩邁步走到籃外，開始像一般貓咪一樣，抽動著鼻子聞起房間裡的味道。品子叫了兩、三聲：

「莉莉！」

但牠只漫不經心地瞥了她一眼，便先去聞聞門口與壁櫃的門檻，再到窗邊嗅遍玻璃窗上的每一片玻璃，最後甚至連針線箱、坐墊、量尺和縫到一半的衣服等周遭所有東西，都仔細地聞過了。品子想起剛才還收下了一包用報紙包著的雞肉，於是把包裹就這樣放在通道上；然而莉莉似乎對那不感興趣，只聞了一下，就連正眼也沒再看過一眼了。於是，就在牠在榻榻米上踩著「啪嚓！啪嚓！」的規律腳步聲，將室內巡過一輪之後，又回到了房門口的紙門處，伸出前腳想要把門推開。

「莉莉啊，妳從今天起就是我的貓了喔。不准再去別的地方了。」

品子說著往門前一擋，使得莉莉只得又再「啪嚓！啪嚓！」地走來走去，這次來到了房間北側的窗邊，爬上一個恰好擺在那裡的小箱子，伸直了背脊眺望著玻璃窗外的景色。

九月已經在昨天告一段落，窗外是典型的晴朗秋日早晨。屋外的風讓人覺得有幾分寒意，將聳立在屋後空地上的五、六根楊柳樹上的葉子連同白色的柳絮一起吹得亂顫；遠方則可以望見摩耶山與六甲山頂。由於蘆屋一帶的民房較為密集，之前從庄造家二樓看出去的景色，和品子這裡自然大相逕庭，不知看在莉莉眼中會是什麼感覺？無意間，品子想起了之前常和這隻貓一起被丟在家中時的光景。每當庄造和他媽媽去了今津就不回來的時候，她總是自己弄點茶泡飯湊合著吃。莉莉聽見了聲音湊過來，才讓她想起自己還沒餵人家。她想莉莉一定餓壞了，覺得有點於心不忍，於是在剩飯上灑點魩仔魚乾端給牠吃。誰知莉莉或許是吃慣了好料，看起來絲毫沒有開心的神色，只隨便吃一點應付了事，讓品子好不容易萌芽的憐惜之情都煙消雲散了。到了晚上，品子鋪好床，等著不知道會不會回來的庄造時，莉莉也會連招呼都不打一聲就伸腳踩上來，讓本來快要睡著的品子氣得跳起來把牠趕走。品子雖然曾經像這樣把心中的鬱悶發洩在莉莉身上，然而能夠像如今這樣再次一起生活，說起來也是某種緣份吧。品子自己在剛被趕出蘆屋的家中，來到這棟房子二樓的房間落腳時，也曾經從那扇北側的窗戶往山的方向望去，沉浸在對丈夫的思念當中；因此，她似乎有點明白莉莉像那樣看著窗外的心情，頓時感覺到一股熱意湧上眼眶。

「莉莉啊，來，過來這邊，這個給妳吃——」

隨後，品子拉開壁櫃的紙門，一邊拿出事先準備好的東西一邊招呼著莉莉。她昨天收到了塚本先生寄來的明信片之後，便為了款待這位總算即將蒞臨的嬌客特地起了個大早，不僅專程去牧場買回鮮乳，還四處張羅牠專用的碗盤。不只如此，昨晚她猛然驚覺還得要幫牠準備貓砂才行，急急忙忙去買了個陶盆，卻因為一時之間弄不到砂而大傷腦筋，只好到隔了五、六町遠的工地去偷拿了點回來，再把好不容易打點好的一切偷偷塞進壁櫃裡。於是，她拿出了鮮奶、盛了灑上柴魚片的白飯的盤子，還有一個漆色有些脫落、邊緣缺了幾個口的木碗，再把瓶裝的鮮奶倒進碗裡，並在房間中央鋪上了報紙。接著，她把客人帶來的包裹打開，從中取出裡頭包著川燙雞肉的竹葉小包，將這頓豐盛的大餐一字排開，然後連聲叫道：「莉莉！莉莉！」同時邊把盤子和瓶子敲得鏗鏘作響。然而，莉莉卻好似沒聽見一般，依舊緊緊黏在窗邊不肯離開。

「莉莉啊！」

品子終於忍不住起身喊牠。

「妳為什麼要一直看外面呢？肚子不餓嗎？」

據塚本先生剛才所說，庄造為了怕牠暈車，從今早開始就沒餵牠吃東西，照理說現在應該已經餓得不得了，只要聽見敲打盤子和小碟子的聲音，就會立刻飛奔過來；然而，現在的莉莉卻完全對這些聲音充耳不聞，看起來也沒有絲毫肚子餓的跡象——或許牠滿腦子都在想要如何逃離這裡吧。品子也聽說過牠從前曾經從尼崎的那戶人家跑回來，原本就做好心理準備得要盯緊莉莉一陣子，但求只要牠肯吃東西、肯乖乖地到貓砂裡去上廁所就心滿意足；然而牠初來乍到便這個樣子，使品子開始覺得牠是不是隨時都會溜走。於是，明知想讓動物親近自己最忌心急，卻不知怎地就是想看牠吃東西才能安心，於是硬把牠從窗邊抱到房間中央，讓牠的鼻子湊近地上的食物。莉莉自然是不斷揮舞著腳抵抗，甚至伸出爪子亂抓，逼得品子只能放手。這一放手，牠又回到了窗邊，爬上那個小箱子去了。

「莉莉啊，妳看這個。這裡有妳最喜歡吃的東西喔！難道妳分不出來嗎？」

於是品子也開始賭起氣來，一下拿著雞肉、一下拿著牛乳到處追著牠，只差沒讓吃的沾上牠鼻頭。然而，就連莉莉愛吃的東西，似乎也無法讓今天的牠上鉤。

再怎麼說，牠現在也不是被託給了陌生人家，而是被送到了曾經同住一個屋簷下四年、吃的是同一鍋飯，有時甚至得彼此作伴看上三、四天家的人身邊，這樣的態度，未免也太不給面子了。還是說，莉莉至今仍對從前遭到欺負的事懷恨在心？真是如此的話，這隻小畜牲也未免太囂張了吧！品子對此不免有些光火，然而一想到萬一讓貓跑掉了，不僅好不容易訂定的計畫就此泡湯，想必也會被住在蘆屋的那家人拍著手看笑話。事已至此，只能跟牠比耐性，看誰先屈服了。仔細想想其實這也沒什麼難的，只要像剛才那樣把食物和貓砂在牠眼前擺得好好的，就算牠再怎麼倔強，最後還是會因為肚子餓而不得不吃；再說，牠總不能完全不上廁所吧？相較之下，本小姐今天可是接了一件得在晚上之前完成的工作，照說理應忙得不得了，然而卻從早上開始就一點進度都沒有呢。於是品子改變了主意，走到針線盒旁坐了下來，加緊趕工縫起一件男用的絹織鋪棉外套；然而，不出一個小時她就因為放心不下而來看看狀況。就在這樣每隔一陣子來看一下的途中，莉莉漸漸移動到了房間的角落，靠著牆壁縮成一團，動也不動了。雖說牠不過是隻畜牲，然而這種行徑簡直就像已經領悟到自己無路可逃，萬念俱灰地閉上了眼睛一般。若要以人來打比方，就像是因為傷心過度而捨棄了一切希望，做好了赴死的心理準備吧。品子覺得有點毛骨悚然，為了確認牠是不是還活著，輕輕地走到旁邊抱起莉莉，探了探呼吸後又戳了戳牠。莉莉雖然完全任憑擺佈，然而品子的指尖卻能感覺到牠把全身上下的肉都像蚌裡的鮑魚般繃得緊緊的。

「還真是隻倔強的貓咪啊。這樣下去，牠要什麼時候才能親近我一點呢？不過，也有可能牠是故意裝出那副模樣，想要讓我掉以輕心吧？現在看起來確實像是已經死心了沒錯，但這隻貓連沉重的木門都能自己打開；要是我一個不注意把牠留

在家裡，牠搞不好會趁機溜走呢。」

品子這麼一想，就連吃個飯或上個廁所都沒辦法了。

到了中午，她妹妹初子的聲音從樓梯底下傳來：

「姊，吃飯了！」

品子應了聲：「好！」之後，雖然起了身，卻在房間裡繞了一會兒圈圈。最後，她把三條羊毛質料的腰帶綁在一起，然後從莉莉的肩膀穿到腋下，十字交錯綁成背帶的樣子。同時，又為了不要綁得太緊或太鬆而重綁了好幾次之後，才在背上打出一個結來。接著，她把帶子的一頭握在手裡，又在房間裡晃了一陣，最後把它繫在天花板上的電燈垂下的拉繩上，才放心地下樓去。誰知吃到一半她還是放不下心，於是隨便吃了點後便上樓察看。進了房間，只見莉莉雖然是被綁著，但還是設法跑到了角落，把身體縮得比之前更緊。原本品子以為只要自己不在，放莉莉自己一段時間，牠自然就會把該吃的該辦的都處理好，但看來完全沒有那種跡象。於是，品子「嘖！」了一聲，用憤懣的眼神看著房間中央裝著豐盛飼料的盤子，以及絲毫沒有沾濕痕跡的乾淨貓砂，一邊走到針線盒旁坐下。然而，剛坐定她就想到，把人家綁著這麼久未免太可憐了，於是又站起來去幫牠解開帶子，順便摸摸牠、抱抱牠，同時不死心地勸牠吃東西，或者把貓砂換個地方擺看看……這樣反覆了幾次之後，太陽不知不覺便下了山。到了傍晚六點時分，初子的聲音再次從樓下傳來，招呼姊姊去吃晚飯。於是，品子再次拿著帶子起身。這一天品子就在這樣三番兩次的反覆當中，把時間都花在了貓身上，以至於跟人家接來的工作還沒能有半點進展，秋天的漫漫長夜便已悄悄地被消磨掉了。

當十一點的鐘聲響起時，品子一邊收拾著房間，一邊再次綁好莉莉，並且在牠身邊擺了兩個坐墊，將吃的和貓砂盆都放上去。之後，品子把自己的床鋪好，關了燈準備就寢，卻滿腦子想著希望牠在天亮前至少能喝點牛奶或吃點雞肉；同時又盼望著如果隔天睜開眼睛看見盤子空了、貓砂濕了該有多好，於是便怎麼也睡不著了。在黑暗中，她睜大了耳朵想看看能否聽到莉莉入睡後的呼吸聲，然而房間中卻一片死寂，就連一絲聲響也沒有。由於實在太過安靜了，品子忍不住從枕頭上抬起頭來一探究竟。從窗戶的方向透進些許亮光，但莉莉所在的角落卻恰好是一片漆黑，什麼都看不見。突然間品子像是想起了什麼，伸手往頭上探去，摸到從天花板上垂下來、被帶子另一端的莉莉扯得斜斜的電燈拉繩，這才放下心來。為了保險起見，她開燈一看，只見莉莉雖然還在，但依舊在原地，於是她只得失望地再次熄燈。昏昏沉沉了一陣子之後醒來，不知何時天已經亮了，只見貓砂上有大塊的物體，裝在盤中的牛奶和白飯也分別被吃了個精光——不過就在她正想著終於成功了的時候，才發現原來是在做夢。

想要讓一隻貓親近自己，真的得花這麼多工夫嗎?還是說，是莉莉特別倔強呢?如果牠還只是隻天真無邪的小貓，應該自然而然地和人親近；但像牠這樣上了年紀的貓，或許也和人類一樣，會因為突然被帶到習慣與環境完全不同的地方，而對心理造成很大的影響，甚至有可能因此抑鬱而死。品子原本只是為了心裡算計的事情才決定收養這隻自己並不喜歡的貓，壓根沒想到會這麼費事。雖說這隻從前和自己對立的小動物讓她夜裡睡也睡不好，但不知怎地她卻不覺得生氣，反而對牠、對自己都油然而生了某種憐憫之情。仔細想想，自己剛離開蘆屋的家中時，也是孤零零地在這棟房子二樓過著消沉的日子。當時心情實在難以排遣，只能每晚背著妹妹夫妻倆偷哭。當時自己不也是連續兩、三天什麼都不想做，一點食慾都沒有嗎？這樣一想，就覺得莉莉會思念蘆屋也是在所難免。畢竟庄造那麼疼牠，如果牠一點都不掛念，未免也太忘恩負義了。更何況，如今牠都這把年紀了，還要被趕出住慣了的家中送到討厭的人身邊，心情更是不知有多麼鬱悶。如果真的想要讓莉莉對自己卸下心防，就得體諒牠的心情，用能讓牠感到安心、相信自己的方式對待牠才行。要是心中正難過的時候，卻被旁人硬逼著吃東西，任誰都會生氣吧？然而，自己甚至對牠說：「不想吃的話，至少要好好上小號吧？」，把貓砂硬推到牠眼前，用既自私又不替牠著想的做法來對待牠。不，更不應該的是，甚至還把牠綁起來。想要贏得對方的信任，自己必須先信任對方才行；然而，那種做法只會加深莉莉心中的恐懼而已。就算牠只是隻貓咪，被像那樣綁著，自然不會有食慾，更別提好好上廁所了。

隔天，品子不再綁著牠，打定主意想著如果被牠跑掉就算了，試著讓牠在房間裡獨處個五到十分鐘，之後再偷偷去看一下狀況。只見牠雖然仍舊倔強地縮成一團，但看起來不像是在伺機準備逃跑。品子見狀稍稍安心了一些，想著今天總算可以好整以暇地吃頓午飯；然而就在她下了樓半個小時左右之後，二樓傳出了沙沙的聲響，於是她聞聲連忙上樓一看，只見紙門敞開了五寸左右。莉莉想必是從那個縫隙跑到走廊，然後再通過南面那間六張榻榻米大小的房間，從恰巧敞開著的窗戶跳到屋頂上去，如今已經完全不見牠的蹤影。

「莉莉啊……！」

品子差點就要大聲叫喚莉莉的名字，卻忍住沒喊出聲。一想到自己花了那麼多工夫，卻還是讓牠逃脫，就覺得連去追趕的力氣都沒了，反而有種鬆了口氣、如釋重負的感覺。反正自己就是不懂得如何馴服動物，遲早要讓人家逃掉的，如今能像這樣及早了結一樁心事，或許也不是壞事。貓走了，品子反而樂得輕鬆；不僅從今天起工作又能重上軌道，晚上應該也能睡得比較安穩了。然而，她還是走到屋後的空地上，在雜草叢裡東翻西找，叫著：「莉莉啊！莉莉！」

雖說她明知莉莉不可能還在離家這麼近的地方閒晃，但還是這樣叫喚了好一陣子才罷休。

自從莉莉跑掉之後，品子連著三天晚上豈止睡不安穩，根本完全睡不著。這和她神經質的個性或許多少有點關係，但總之以二十六歲的女性來說，她算是睡得很少的；從前在別人家幫傭的時，就常因為一些小事而徹夜難眠。搬到了現在住的二樓之後，或許是因為認床的關係，已經有好一段時間實際上都只睡三、四個小時，一直到十天前左右才終於稍微改善了一些。究竟品子是為了什麼原因，從那天晚上起又開始失眠的？每次她只要一趕工起來，就會覺得肩膀痠痛、情緒亢奮。所以，或許是她為了補回之前因莉莉而落後的進度，而過於集中精神在裁縫活上吧？再加上她原本體質就偏寒，明明還只是十月初，腳底就已經開始變得冷冰冰地，就算爬進被窩裡也暖不起來。品子有時會突然想起自己遭到前夫疏遠的理由，然而於今仔細想想，一切或許都是出於她的寒性體質吧。庄造原本就屬於睡得安穩的那類人，只要一蓋上被子，不出五分鐘就會睡著。此時，若突然有雙冷冰冰的腳伸進被窩裡，往往一個不小心就驚醒了他。長期下來，庄造終於因為受不了而要求品子就寢時離自己遠一點，後來逐漸演變成夫妻倆分開睡的局面。除此之外，夫妻倆在天冷時也常為了熱水袋的事情起口角。原來，庄造和品子剛好相反，體質比一般人更燥熱。其中又以腳特別明顯，就算是冬天，他也要把腳掌稍微伸出被窩才睡得著。所以，他不喜歡進到用熱水袋先暖好的被窩裡，就算只待上五分鐘也受不了。當然，這未必是使得夫妻倆不和的根本理由，然而他確實是藉由體質不同這個藉口，漸漸養成了自己一個人睡的習慣。

品子的肩膀右側到肩膀之間的部位腫起了一塊，讓她在就寢時常常要揉揉那裡，或翻個身讓那個部位不要一直靠著枕頭。每年夏秋交接、天氣由熱轉涼之際，品子右下顎的臼齒就會痛起來。恰巧從昨夜起，她的牙似乎又開始有點抽痛了。她住的六甲這個地方，隨著季節逐漸入冬，每年都會吹起所謂的「六甲山風」，因此較蘆屋要冷得多。到了這個時節，入夜後的溫度已經降得相當低；就算同樣是在阪神電鐵沿線，相較之下卻像是來到了某個深山地方一樣。品子把身體縮得像蝦子一樣，不停磨蹭著凍得即將失去知覺的雙腳。她還住在蘆屋的時候，每到十月底，總會邊和老公爭執著邊把熱水袋放進被窩裡；然而照現在的狀況來看，今年大概等不到十月底就得搬出家當來了……。

「看吧！那女人不僅被老公拋棄，連貓也不要她了。」

「それ見ろ、あれは亭主に捨てられるばかりか、猫にまで捨てられるような女だ」

品子想想實在睡不著，於是索性起身打開燈，側躺著看起向妹妹借來的上月號《主婦之友》。這時大約是凌晨一點左右。不久，從遠處傳來一陣沙沙聲，很快地通過了品子的窗前。起初她還以為是外面下起了陣雨，但是當那沙沙聲再次掠過屋頂時，轉變成了一陣錯落的聲響，接著逐漸悄聲淡出。過了一會兒，那陣沙沙聲又再度響起，逐漸逼近過來。這讓品子不禁擔心起莉莉，想著牠如今究竟身在何處？如果平安回到了蘆屋倒還好，萬一至今仍在外頭迷路，想必會被夜雨淋得全身濕透。老實說，品子雖然還沒告訴塚本先生莉莉跑掉了的事，然而自從牠不見之後，品子滿腦子思緒都離不開牠。她自然也明白應該要及早告知人家，但一想到可能得聽對方帶著嘲諷的語氣說：「不好意思，牠其實早就已經回來了，您請放心吧。給您添了許多困擾真是抱歉，今後不好再麻煩您了呢。」就讓她一肚子火，只得一再延後通知對方的時機。然而，若莉莉已經回去了，相信不用等自己主動通知，對方應該也會有所表示；既然一點消息也沒有的話，想必是還在某處徘徊著吧。之前尼崎那次，據說牠是從那戶人家裡不見了一週之後才回到家中；然而這次的距離沒有那麼遠，而且不過是三天前才經過的路，應該不至於會讓牠迷路吧？只是，最近莉莉已然顯得有些老態龍鍾，直覺和動作早已不若當年敏銳，或許三天還不夠，得要花上四天才走得回去。這樣的話，就算牠的腳程再怎麼慢，明後天也該平安抵達了。到時，不知那兩人會有多開心？自己又該如何排遣這種不甘心的感覺？或許，連塚本先生也會和他們一個鼻孔出氣地嚼起舌根來：

「看吧！那女人不僅被老公拋棄，連貓也不要她了。」不，搞不好就連樓下的妹妹夫婦倆其實心裡也是這麼想的，到頭來全世界都在看她的笑話。

這時，那陣雨聲在稀稀落落地通過屋頂之後，好似又迎著玻璃窗拍打了上來，發出了「磅鐺！」的聲音。品子以為是起風了，心中暗自叫苦，然而那風聲聽起來又像帶點重量，並且連續「磅鐺！磅鐺！」地拍打了兩下玻璃窗。接著，不知從何處傳來幽幽的一聲：

「喵！」

品子沒想到會在這種時間聽到這種聲音，起初吃了一驚，隨即為了確認不是錯覺，張大耳朵仔細一聽之下，果然有東西發出了「喵！」的叫聲。接著，那「磅鐺！磅鐺！」的聲音再次響了起來。品子慌慌張張地起身拉開窗簾看個究竟，這下終於清楚地聽見從玻璃窗的另一頭傳來了「喵！」的一聲，同時有道黑影伴隨著「磅鐺！」的聲響掠過了她的眼角。看來，果然是這麼一回事——再怎麼樣，她至少還認得這叫聲。之前在這二樓的房間裡，牠雖然終究是連一聲都沒叫出來，但現在所聽到的聲音，確實是從前在蘆屋時聽慣了的，屬於莉莉的叫聲。

品子連忙抽出鎖著窗戶的插栓，一邊從窗口探出半個身子，一邊藉由室內透出的燈光往一片漆黑的屋頂上看去，然而卻什麼也看不見。在她的想像中，莉莉應該是爬上了窗戶外那方附帶扶手的窗台，一邊喵喵叫著一邊拍打著窗戶才對。那「磅鐺！」的聲響和方才看見的黑影照理說也正印證了她的假設。然而，當她一推開玻璃窗，莉莉卻不知跑到哪去了。

「莉莉……！」

為了不吵醒樓下的妹妹夫妻，她壓低聲音叫道。屋頂的瓦片因潮濕而映射出微光，說明剛才的那陣聲音是一場陣雨沒錯；然而現在抬頭一看，只見滿天星光閃爍，彷彿剛才的那場雨從未下過一般。遠方摩耶山那寬廣而深黑色的雙翼橫亙在眼前，雖然登山纜車的照明燈已經熄滅，然而這個時間仍可以望見山頂上飯店的燈火。品子單膝跪在窗台上，將身子探出屋頂，同時叫了聲：

「莉莉！」，隨即聽見——

「喵！」的一聲答覆。聲音的主人似乎是踏著瓦片走近，只見一雙閃著磷光的眼睛漸漸靠了過來。

「莉莉！」

「喵！」

「莉莉！」

「喵！」

品子不停地反覆叫著莉莉的名字，而不管她叫幾次，莉莉都不厭其煩地回應。這是她們倆之間第一次有這樣的互動。從前，莉莉就像心知肚明誰疼自己、誰討厭自己一樣，只有在庄造叫牠時會應聲，對品子的叫喚完全不理不睬。然而，今晚牠不僅肯逐一應聲，叫聲中甚至還漸漸開始帶有幾分討好，聽起來成了一種難以形容的溫柔叫聲。之後，牠亮著那雙藍色的眼睛，扭動著身子湊近扶手下方，然後又再走遠。莉莉心中的盤算，大約是希望自己至今沒給過好臉色看的人從今天起能好好疼牠，因此才會發出那種像是在為至今為止的無禮表示歉意的叫聲吧。想必牠也是拚了命地想讓品子知道自己已經改變心意，願意接受她的照顧吧。品子第一次收到這隻小獸這樣溫柔的回應，讓她像個孩子般地開心不已。她試著想要伸手抱牠卻抓不到人家，只好做做樣子假裝離開窗邊。沒多久，莉莉便縱身一躍，跳進了房裡來。讓品子意想不到的是，接著牠竟然筆直地朝坐在床墊上的自己走來，伸出前腳搭上她的膝蓋。

這到底是怎麼回事——她還沒來得及反應過來，莉莉就抬頭用那充滿哀愁的眼神看著她，同時往她胸前一靠，用額頭蹭著她那件法蘭絨睡衣的衣領。品子也不干示弱地用臉頰蹭了回去之後，隨即從下巴、耳朵、嘴角到鼻頭都給牠舔遍了。這讓品子想起，之前曾經聽說貓在和人獨處時，表達親暱之情的方式幾乎和人沒兩樣，會做出找人親嘴、用臉磨蹭人等舉動——原來，那就是指現在莉莉這樣。老公一直以來和莉莉在自己看不見之處貪圖的享受，原來就是這麼回事啊。想著想著，貓咪身上特有的那種彷彿曬過太陽般的味道撲鼻而來，整張臉上都感覺到貓舌頭沙沙的觸感，讓她的皮膚感到痛也不是、癢也不是。突然，一陣憐愛之情湧上心頭，讓品子一邊叫著：

「莉莉！」

一邊緊緊地抱住牠，發現牠的毛間微微反射著光，這才想到牠一定是被剛才那陣雨淋濕了。

話說回來，為什麼牠沒有去蘆屋，反而卻回這裡來了？是不是起初打算跑回蘆屋去，但在半途迷了路，只好回來呢？只不過三、四里的路程，牠卻在外晃上了三天，最後還沒能抵達目的地，中途折返。從這點來看，莉莉未免顯得有點缺乏毅力，但卻也更加說明了她已經年老力衰到何種程度。如今牠只有心情上以為自己一切皆如以往，雖然設法逃離了品子家中，卻因為視力、記憶力和嗅覺都早已不及年輕時的一半，完全無法分辨出自己在途中經過了哪些路，又是從哪個方向被怎麼樣帶來的，只好這個方向走幾步折回來、那個方向走幾步折回來，最後又回到原本出發的地方。如果是從前的牠，一旦決定好了方向，不管再怎麼樣險惡的路況，牠都會一路往前衝；然而如今的牠早已沒了那種自信，對於陌生場所湧現莫名的恐懼，自顧自地裹足不前起來。莉莉想必就是因為如此而沒能走遠，只在附近徘徊了幾天吧。這樣一想，或許昨晚和前天晚上，牠也曾經在夜裡悄悄來到二樓窗邊，一邊猶豫著要不要哀求品子放牠進來，一邊窺探房裡的情況。至於今晚，牠恐怕也已縮在屋頂上的暗處，考慮了好一陣子，後來因為看見室內的燈光亮起，以及突然開始下起雨來，才會臨時起意叫出聲來，並像那樣拍打窗戶吧。不過，幸好牠終究是回來了。雖然牠想必吃了不少苦，但總算證明了至少在牠心中並沒有把品子當成完完全全的陌生人。而品子偏偏選在今晚突然在這種時間起身開燈看起雜誌來，或許也是心有靈犀吧？不，仔細想想，自己之所以這三天來都沒睡好，或許也是不自覺地在等待著莉莉回來。品子想到這裡，眼淚便開始不聽使喚地流了出來，於是一邊說著：

「噯，莉莉啊，妳再也別走了好嗎？」

一邊再次緊緊將牠摟在懷中。莉莉難得也乖乖地一動也不動，任憑品子抱著。

此時的品子，不知怎麼地好似能夠看透這隻總是從眼神中流露出無言哀戚的老貓的心事。

「雖然妳一定很餓了，但今天已經太晚了……去廚房翻翻看或許能幫妳找些吃的來，但這也沒辦法啊。誰叫這裡畢竟不是我家，只好請妳等到明天早上囉。」

品子每說一句就用臉蹭蹭莉莉，過了好一會兒才終於甘願把人家放下來，隨手帶上還敞開著的窗戶之後，便忙著用坐墊幫牠臨時鋪個床，並把從幾天前就一直收在壁櫥裡的貓砂拿出來。莉莉在過程中也一直跟在品子後面團團轉，屢次伸出前腳想要抱住她的腿。只要品子稍微停下腳步，牠馬上會跑到她旁邊，歪著頭用耳根一直磨蹭，讓品子只得哄牠：

「好啦，蹭夠了沒？聽得懂我說什麼嗎？來，到這邊來睡覺吧。」

說著，便將牠抱到剛鋪好的坐墊上，同時連忙熄了燈，才終於能躺回自己的臥鋪上。誰知不到一分鐘，那股彷彿曬過太陽的被窩一般的貓味道就從她的枕邊傳來。她默默地撐起棉被，於是一個有如天鵝絨般柔軟的毛絨絨物體就這樣爬進了被窩裡。這個小毛球從頭躺的方向鑽了進來後，先是往腳的方向爬去，在衣角處遊蕩了一下，又轉頭探進睡衣的縫隙裡，一動也不動。不久，就聽見牠從喉嚨裡傳出呼嚕嚕的聲響，彷彿舒服得不得了似的。

從前牠在庄造的被窩裡發出這種聲音時，品子在一旁聽著，心裡總是油然而生難以言喻的妒火。然而，今夜這呼嚕聲在她耳裡之所以顯得格外大聲，或許一方面是因為她的心情愉悅，又或者是因為若從自己的被窩裡傳出時，聽起來就是這個樣子。品子的胸口感受著莉莉冰冷而潮濕的鼻頭、腳底肉墊充滿彈性的觸感，一切對她而言都是全新的體驗，讓她有種既不可思議又雀躍的心情，於是在一片黑暗中伸手撫摸著莉莉的脖子周圍。這一摸之下，不僅呼嚕嚕的聲音變得更大聲了，莉莉還突然開始有一搭沒一搭地咬著她的食指，在上面留下小巧的牙印。就連沒什麼和貓相處經驗的品子，也知道那是表示牠異常興奮的舉動。

從隔天起，莉莉和品子之間的感情邁進了一大步，似乎已打從心底信任著她。

不管是端給牠牛奶或灑了柴魚片的白飯，牠都吃得津津有味；一天也總會到貓砂裡去上個好幾次廁所。雖然這間四張半榻榻米大小的房間因此而籠罩在貓砂飄出的味道之中，但那種味道卻也無意間讓品子想起了許多事情，彷彿回到了令她懷念不已的那段住在蘆屋的日子。畢竟，蘆屋的家中一年到頭都是那種味道，早已滲透至包括紙門、柱子、牆壁和天花板在內的每一個角落。她不正是和丈夫與婆婆一起聞著這種味道，一起同甘共苦地過了四年日子嗎？然而，當時的她只顧著在心中咒罵這股臭味，如今卻被同樣的味道喚起了甜美的回憶。當時因為這種味道而被她恨得牙癢癢的貓，如今卻反而因為這種味道而讓她倍感憐愛。很快地，品子開始每天晚上都抱著莉莉入睡，一邊納悶著自己從前為什麼會那麼討厭這樣一隻溫馴又可愛的小獸，甚至開始覺得當時的自己簡直就是個有如惡鬼般壞心腸的女人。

在此，似乎必須仔細說明一下品子故意寫信向福子要這隻貓，同時屢次透過塚

本先生提出請求的動機。其中自然是包括了惡作劇和刻意挑撥的意圖，同時也有幾分盼望庄造為了探視貓而前來造訪；然而，比起這些近在眼前的緣由，品子等的其實是更久之後的機會——應該說，其實在這個時候，品子已經預見短則半年、長則一、兩年之內，庄造和福子的感情肯定會生變。話雖如此，她卻也對於自己在塚本先生說媒之下輕易嫁了過去感到有些不甘心。如今她多少覺得被庄造那種遊手好閒又沒骨氣的懶惰鬼拋棄未必是件壞事；然而一想到自己並不是因為兩人已厭倦了彼此，而是為了旁人在背後耍的手段才被逐出家門，就覺得既嚥不下這口氣，也放不下這段感情。當然，若她把這種心情說出口，塚本先生或許會說這都是她一廂情願——她和婆婆確實處不來，就連夫妻之間的感情也稱不上是融洽。更甚者，在她眼中，庄造就是個慢郎中，不是笨蛋就是呆瓜之流；而庄造也覺得她太有主見，往往讓他難以忍受。兩人間總是爭吵不休的模樣，也顯示兩人的個性確實不合。「如果老公真的愛妳，就算其他人再怎樣敲邊鼓，也不至於會在外面找其他女人吧？」

——塚本先生雖然不至於說得這麼露骨，但心中的想法應該與此八九不離十。然而，在品子看來，這是因為他不夠了解庄造的緣故。品子眼中的庄造，是個只要有人在旁邊稍微逼他一下，便會馬上乖乖就範的傢伙。雖然不知道該用太過樂天或懶得動腦來形容他的個性，但總之只要有人跟他說誰誰誰比誰誰誰更好，他馬上便會信以為真，開始有那種感覺。然而，他再怎麼樣也不可能自己做出將老婆趕出家門、把新歡接過來住這樣的決定。所以，品子雖然從未感受到自己被多麼熱烈地愛著，但卻也不曾覺得被自己的男人討厭過。若非旁人邊慫恿他邊幫他出主意，想來品子也不會落到離婚這步田地。品子認為，自己如今的境遇全都是由阿凜、福子和她爸爸一手策劃出來，用誇張一點的講法，甚至可以說是被硬生生拆散的。所以，儘管會讓人覺得她一直無法放下這段感情，她還是嚥不下這口氣。

既然如此，她早該在隱約感覺到阿凜等人的用心時，就採取因應手段，就連眼看著就要被趕出蘆屋的那個家中時，她也該多努力掙扎一下的——事實上，品子在算計方面的本事並不輸給婆婆阿凜。然而，她又為什麼會輕易地捲鋪蓋乖乖走人呢？這固然不像是平時好勝的她會有的舉動，然而她這麼做卻也並非一點打算都沒有的。簡單來說，這次的事也是因為她起初有些過於大意，才會發展到今天這樣的局面。畢竟，就連阿凜起初也沒想到那個花名在外、又曾混過不良少女的福子會願意嫁給自己的兒子；而品子也不覺得喜新厭舊的福子會忍受得了和庄造在一起，因此才會疏於防範。不過，即便事情的發展在之前有些超乎品子的預期，如今她還是認為那兩個人的感情不會長久。福子還年輕，又生著一副討男人喜歡的臉蛋；肚子裡雖然沒什麼了不起的學問，但至少也念過一、兩年女學校；更何況，她還帶著一筆可觀的嫁妝。對於庄造來說，自然像是送上門來的肥肉，豈有不吃之理。然而，即便他現在覺得自己走運，也不可能永遠滿足得了福子，之後女方肯定會紅杏出牆。畢竟，那個女人不會僅以守著一個男人為滿足這件事，幾乎已是眾所週知的事實，再次故態復萌也只是時間問題罷了。到時如果她做得太過火，就算庄造再怎麼樣濫好人也不會默不吭聲，就連阿凜肯定也拿她沒轍。的確，就算撇開庄造不提，眾人公認腦袋很清楚的阿凜，又怎麼會看不出這對男女將來的發展？或許她這次真的是無法抵抗金錢的誘惑，才會動手耍這種小手段。品子認為，這種時候與其難看地做垂死掙扎，不如先讓敵人嚐點甜頭，自己再慢慢使計也不遲。因此，她心中雖然尚未放棄這段感情，但就連在面對塚本先生時，都絲毫未曾流露出來過。表面上，她盡量表現得一副無限哀戚的模樣以博取旁人的同情；然而在心中卻想著要他們走著瞧，總有一天一定要再次回到庄造家去。於是，實現這個願望，似乎也成了她活著唯一的意義。再說，品子雖然覺得庄造沒用，但不知怎麼地就是沒辦法恨他。像他那樣傻呼呼地過日子，哪次不是人家說東他就向東、說西他就向西？這次的事情一定也是他身旁的人出的主意。這樣一想，反而讓品子有種放著孩子自己踏著不穩的步伐走路一般的心情，感到既不放心，又有點說不出的難過。庄造就是這一點讓人不知怎麼地覺得有點可愛。若說今天是一個堂堂男子漢像他這樣，看了難免會讓人有點生氣；然而若能從有點瞧不起他的立場看著他的一舉一動，卻能欣賞到他溫和、溫馴的一面，讓人逐漸陷了進去而無法自拔。就這樣，她連一起帶過門的嫁妝都賠在了庄造的身上，最後一無所有地被轟出了家門。對品子來說，她為庄造付出了這麼多，自然更加不甘心就這樣將他拱手讓人。想想也真是，這一兩年來的家計，幾乎全都是由她一個弱女子獨力支撐起來的。由於品子恰好做針線活的手上功夫還算了得，從左鄰右舍那兒接了不少工作，讓她每晚幾乎不眠不休地趕工，一家人才總算得以糊口。要是沒有她辛苦工作，婆婆在外再怎麼樣虛張聲勢也沒用。阿凜在這一帶風評並不怎麼樣，偏偏庄造又是那副不成才的德性，讓債主們總是不客氣地再三上門來追討欠款。要不是對她有幾分憐憫，庄造家哪能捱過那些個年關？然而，那對忘恩負義的母子卻一時利慾薰心把那種女人引進了門，還以為自己從拉車的牛換了一匹良駒。等著瞧吧！我倒要看看那女人有沒有本事負擔得了家計。帶著一筆錢嫁進門是很難得沒錯，但這麼一來還有誰能管得動她？庄造想必也會因此而更加好吃懶做，最後就等著看那三人的如意算盤如何落空，那個家又是如何再次變得爭吵不休吧。到了那時候，庄造才會明白之前的老婆有多麼難得，想著品子才沒有這麼不知羞恥，或是這種時候品子都會這樣那樣對待自己之類的。不只庄造，想必就連他母親一定也會承認自己的失策而後悔莫及。至於那個女人，肯定會在把那個家搞得一團亂之後，就受不了而離家出走的。品子幾乎只差沒有蓋章保證事情一定會發展成那樣了，然而一思及周遭畢竟還有看不出箇中門道的可憐人在，便也只能一邊在心中暗自竊笑，一邊等待時機成熟。心機深重的她，除了等待之外所想出的計策，就是把莉莉弄到手邊來。

對於福子比自己多讀了一、兩年書這件事，品子一直有種矮人一截的感覺；然而若真要比起頭腦來，她卻有自信絕不會輸給福子或阿凜。當她想出把莉莉接過來這一著的時候，老實說還真有點佩服起自己。畢竟只要莉莉在她這，哪怕是颳風下雨，每當庄造想起莉莉時，一定也會連帶想起她；對莉莉的憐惜之情，或許也會在不知不覺間投射在她身上。這麼一來，她與庄造不僅在精神上都將一直藕斷絲連；哪天他要是和福子鬧得不愉快時，想必也將同時想起莉莉和自己的前妻吧。再者，像她這樣不僅遲遲未尋找新的對象，反而選擇和貓一起低調過日子，除了能博得旁人的同情之外，庄造內心對此應該也不會覺得反感才是。這麼一來，只會讓福子有如芒刺在背，讓她不必動手就能收得挑撥他們倆之間感情的效果，離重回庄造身邊更近一步——嗯，如果一切都能這麼順利自然很好。至少，她自己心裡是這麼打算的。這個計畫最大的問題在於庄造肯不肯交出莉莉，不過，她認為只要稍微挑撥一下福子的嫉妒心，剩下的就會一切順利了。所以，那封信中一切的怨懟，其實都是出於她的老謀深算所寫下，並不是單純地想要惡作劇或無謂生事而已。然而，那些腦袋不夠靈光的傢伙們自然無法察覺品子真正的用意，只能做出各種荒誕無稽的猜想，像個孩子般地大驚小怪，讓品子沉浸在連她自己也無法克制的優越感當中。

總之正因如此，當品子發現好不容易到手的莉莉逃掉時那種失望與沮喪，以及無意間發現牠跑回來時的欣喜之情無論多麼強烈，終究只是基於心中的算計而生的情緒起伏，不是真正發自內心的情感。然而，她與莉莉一起在二樓的房間過了一段日子之後，情況開始出現了意想不到的轉變。她每天抱著這隻身上有曬過太陽味道的小東西一起睡，總會想著「為什麼貓會這麼可愛？」、「我以前為什麼從來沒發現身邊有這麼可愛的小東西？」，心中充滿悔恨與自責。還住在蘆屋的時候，她打從一開始就對牠沒有好感，連帶著也對牠的一切優點視若無睹。就因為品子吃莉莉的醋，使得牠一切可愛的舉止，在她眼中都只顯得可憎。例如，從前每到天冷時，不論是鑽進被窩裡的莉莉或放任莉莉的庄造都讓品子恨得牙癢癢的；然而，如今她的心中早已沒有絲毫類似的感覺，甚至還得靠牠才能捱過一個人睡的冰冷被窩。貓的體溫高於人類，一般來說比人還要怕冷。有人說，牠們一年之間會覺得熱的日子，只有夏季的土用丑日[1]前後幾天而已。如今已是仲秋時分，年邁的莉莉會朝溫暖的被窩靠過來，似乎也是無可厚非。不，先不說莉莉了，就連品子自己也覺得，像這樣和貓一起睡確實很暖和。若是往年，到了像今晚這種時節，要是不用上熱水袋，品子是一定無法入眠的；然而今年甚至根本沒拿出來用卻不覺得冷的理由，都是多虧了爬進被窩裡的莉莉啊。這樣看來，如今每晚反而是她不能沒有莉莉了。這隻貓的任性、大小眼和表裡不一的舉止從前雖然讓品子看了生厭，但於今想來，那也全都是因為她心中少了對牠的疼愛之故。貓有貓的小聰明，懂得如何對人察言觀色。否則，當品子已不再像之前那樣虛情假意，開始真心愛惜著莉莉之後，牠又怎麼會馬上回到她的身邊，若無其事地和她親密地相處？或許，早在品子察覺自己的心境變化之前，莉莉早就嗅出了端倪。

品子甚至開始覺得，自己別說是貓，就連對人也不曾有過這種親暱的情感，更別提有所表示了。原因在於，包括阿凜在內，許多人都覺得品子是個固執的女人，

---

① 土用丑日：日本曆法中最炎熱的日子。

於是不知不覺之間，連她自己也開始這麼想。然而，一想到這陣子為了照顧莉莉所奉獻的一切的辛苦與關懷，讓她自己也很意外那種溫暖、溫柔的心情是從心中的哪個角落中湧現的。她想起從前庄造在照顧莉莉時總是一手包辦大小事，絕對不假他人之手；每天都在擔心餵牠吃東西了沒，並且每隔兩、三天便會跑一趟海邊，幫牠的貓砂拿新的砂回來換。同時，一有空就幫牠抓抓跳蚤、刷洗身子，並且不斷擔心牠的鼻子是不是乾了、便便會不會太軟和有沒有掉毛之類的小細節，只要一察覺有異，馬上餵牠吃藥。眼見家裡那個懶鬼對這隻貓的呵護竟能無微不至到那種程度，讓當時品子心中的反感更加強烈。然而仔細一想，自己現在不也做著一樣的事嗎？而且，如今她還不是住在自己家裡。當然，他們說好的條件是品子會想辦法負擔自己的生活費，所以她也不算是在妹妹家裡吃閒飯的人；但自然也是得在每件事都有些顧慮的環境下收養莉莉。如果是自己家，她大可以隨時到廚房裡找些剩飯剩菜給莉莉吃；然而如今畢竟寄人籬下，不是把本來自己要吃的留一些給牠，就是得自己到市場去設法張羅。原本，品子為了生活已是處處省吃儉用，若得額外買些東西給莉莉，哪怕只是多出那一點點開銷，對她而言也是不小的負擔。此外，莉莉的貓砂該如何處理，也令品子傷透腦筋。之前在蘆屋住的那間房子離海邊只有五、六町的距離，要弄到砂子並不是什麼難事。然而，如今在這阪急電鐵的沿線，距離海邊相當遠。起初兩、三次還能從附近工地拿砂回來湊和著用，但最近已經沒再看到哪座工地還有砂子可拿了。話雖如此，如果她就這麼放著貓砂不管，馬上就會變得臭氣沖天。那氣味要是傳到了樓下去，妹妹夫妻倆一定不會給好臉色看。品子沒有辦法，只好趁夜深人靜時偷偷帶著鏟子出門，到附近的田裡挖些土來，或到小學操場上的溜滑梯那裡偷拿些砂子回家，路上還常常遇到狗兒對她扯開嗓子狂吠，或是被可疑男子跟蹤……。如果不是為了莉莉，誰會願意做這種事？然而轉念一想，她又是為什麼願意為了莉莉如此不辭辛勞？從前還住在蘆屋時，自己對牠的疼愛哪怕只有如今的一半也好，或許和庄造之間的感情便不會產生裂痕，事情也不至於走到今天這種局面。悔恨之餘仔細想想，這件事其實不是任何人的錯，一切都是她自己不好。像她這樣連一個無辜的、溫柔體貼的小東西都沒辦法憐愛的女人，難怪會被自己的丈夫討厭。正是因為她這個缺點，才會讓外人有機可趁吧。

到了十一月，早晚的寒意變得更加明顯；入夜後偶爾從六甲方向吹來的山風，也開始從門縫間捎進涼意。品子和莉莉比起之前貼得更近，常會緊緊摟著彼此發抖著入睡。當品子終於因為受不了寒冷而把熱水袋拿出來用時，莉莉簡直是欣喜若狂。就這樣，品子每晚都躺在讓熱水袋和貓咪的體溫弄得熱呼呼的被窩裡，一邊聽著莉莉發出的呼嚕嚕的聲音，一邊把嘴巴湊近懷裡那隻小東西的耳邊對牠說道：

「其實妳這小傢伙要比我重感情多了呢。」

又或者會對牠說：

「都是我害妳這麼寂寞的，對不起噢。」

有時也會轉念一想說道：

「不過，就快了。妳只要再忍一陣子，就可以和我一起回蘆屋的家裡去囉。到時候，我們三個再一起相親相愛地過日子吧。」

說著說著便自己掉起眼淚來。在夜深人靜、一片漆黑的房間裡，明明除了莉莉之外不會有任何人看見，她卻還是慌慌張張地拉起棉被，把整個頭都蓋在裡面。

下午四點剛過，福子說要回今津的娘家一趟而出門之後，原本一直在屋後靠院子的走廊上照料著蘭花盆栽的庄造，便像是等這一刻等了許久般地站了起來，對後門喊了一聲：

「媽。」

庄造的母親此時正在洗東西，似乎因為水聲而沒有聽見他的叫喊。於是他索性扯開嗓門又叫了一聲。

「店裡就交給妳囉——我有事出去一下。」

於是，本來洗著東西的唰唰聲突然停了下來。

「你說什麼？」

庄造的母親冷靜沉著的聲音透過紙窗傳到他的耳畔。

「我說我有事出去一下。」

「你要去哪？」

「反正就是出去一下嘛。」

「去做什麼？」

「妳就別問那麼多了嘛！」

庄造一邊說著，一邊露出氣鼓鼓的表情，連鼻孔都撐得大大的，但轉瞬間似乎又改變了主意，又操起他天生的那副有如在撒嬌般的語調說道：

「拜託啦，就讓我去撞球間打個半小時左右嘛。」

「你不是跟人家福子說好不打撞球了嗎？」

「就讓我去一次嘛。我都已經半個月沒打撞球了。真的拜託啦。」

「這我可沒辦法做主。你等福子在的時候自己問她吧。」

「為什麼啊。」

聽見庄造那彷彿刻意用力從口中擠出的聲音，原本坐在後門旁用手撐著盆子的阿凜，也能清晰地想像到兒子在生氣時那種無理取鬧的孩子氣表情。

「我為什麼什麼事都非得問過老婆不可啊？難道連媽妳也非得先問過福子，才知道什麼可以、什麼不行嗎？」

「那倒不至於啦。不過，畢竟福子叫我要看好你嘛。」

「這麼說，媽妳是福子派來監視我的囉？」

「你講那什麼傻話啊。」

阿凜這麼說完後就不再答腔，屋後隨即又開始傳來刷洗東西的水聲。

「妳到底是我媽還是福子的媽媽啊？說說看嘛，啊？」

「拜託你別再說了吧。這麼大聲，讓左鄰右舍聽見了多丟臉。」

「那妳就等等再洗東西，先到我這邊來一下。」

「知道了啦！我不會多嘴的。你想去哪就去哪吧。」

「別這麼說嘛，來一下就對了。」

庄造不知想到了什麼，突然跑到後門邊去，一把抓住蹲在水槽邊的母親滿是泡沫的手腕，硬是把她拖到房間裡。

「媽，難得有機會，有個東西想讓妳看看。」

「突然這樣是要我看什麼……？」

「妳看看這個。」

庄造夫妻用房子靠近屋後的這間六張榻榻米大小的房間充當起居室。庄造將壁櫥拉開，只見下方那層角落的柳條簍和小五斗櫃之間的縫隙暗處，塞著一個紅通通的蓬鬆塊狀物體。

「妳覺得那是什麼?」

「那不就是……」

「全都是福子的髒衣服。她老是不洗衣服，把換下來的一直往裡頭塞，弄得那邊堆滿了髒東西，連五斗櫃的抽屜都拉不開了。」

「奇怪了，她換下來的照理說我都有送去洗衣店才對啊……」

「可是，再怎麼樣妳也不會把她的束腹也送洗吧?」

「喔，那些都是束腹啊?」

「可不是嗎。再怎麼說，一個女人家這個樣子也太邋遢了點吧?我看了都不知道該說什麼了。媽妳也真是的，明明稍微留意一下就不難察覺她這種習慣，為什麼都不念念她呢?妳每次都只對我嘮叨，輪到福子搞出這種把戲的時候，妳就都裝作沒看到。」

「她把這種東西塞在這裡，我哪會知道啊?」

「媽……！」

庄造突然發出了像是大吃一驚的聲音。原來他的媽媽竟然爬進壁櫥裡，把那些髒衣物一件件拽了出來。

「妳要做什麼啊？」

「想要把裡頭打掃乾淨啊……。」

「不要啦！髒死了！快別弄了啦！」

「有什麼關係，交給我來處理就好。」

「為什麼啊！哪有做婆婆的伸手去摸媳婦的那種東西啊！我可沒拜託媽做這種事啊！我是要妳叫福子來處理啦。」

阿凜假裝沒聽見兒子說話，陸續從陰暗的壁櫥深處取出五、六條紅色的毛紡束帶，用雙手抱著走到後門，就這麼丟進了洗衣用的水桶中。

「妳就非得要把那些給洗了才滿意嗎？」

「這算得了什麼。是男人就安靜點。」

「那是福子的束腰耶，為什麼不讓她自己洗啊，媽？」

「你很囉唆耶。我只是把它們放到桶子裡泡水而已。像這樣放著，她發現了之後就會自己動手洗了不是嗎？」

「哪有人這樣的？妳覺得她那個人會自己察覺這種事嗎？」

媽媽雖然嘴巴上那麼說，其實一定是打算親自動手幫福子洗——這使得庄造心中更加不痛快。於是，他連衣服都沒換，穿著棉背心、套上擺在玄關的木底草鞋之後，便跳上腳踏車出門去了。

原本庄造真的只是打算去打個撞球而已，然而被剛才這件事一攪和，弄得他心中感到老大不痛快，一點興致都沒有了。於是，他漫無目的地一邊彈響腳踏車的鈴鐺，一邊沿著蘆屋河邊的步道直直上了新國道，最後終於過了業平橋，龍頭一扭朝神戶的方向而去。時間雖然還不到下午五點，但行駛在筆直的國道上，已經可以望見遠處晚秋的太陽即將西沉。斜陽餘暉的角度幾乎要與路面平行，為行人與車流都染上了半邊紅色，讓他們拖著長長的影子行進著。正對著夕陽前進的庄造為了避開柏油路反射出的那種有如鋼鐵材質般閃閃發亮的刺眼光芒，只好一路不斷調整低頭的角度或轉頭朝向旁邊。好不容易通過了森市場，眼看就要抵達小路公車站時，庄造突然看見塚本先生就在平交道另一頭的某家醫院圍牆外，立了一座架子心無旁騖地縫著他的榻榻米。於是，他彷彿突然精神百倍似地騎了過去，對他說：

「在忙嗎？」

「嗨。」

塚本先生並沒停手，只用了眼神和庄造打招呼。為了趕在太陽下山前把工作告一段落，他手上的針不停在榻榻米板上穿進穿出。

「現在這個時間，你打算去哪啊？」

「也沒去哪啦。只是來這附近看看而已。」

「有事要找我嗎？」

「不，沒——」

庄造說到這裡，才突然想起了什麼，於是緊緊皺了皺眉，露出曖昧的笑容。

「只是剛好經過這邊，和你打個招呼而已。」

「這樣啊。」

於是，塚本先生馬上低下頭繼續做事，只差沒說出口表示自己沒空搭理扶著腳踏車站在他眼前的這個人。然而，庄造卻覺得就算塚本先生再怎麼忙，好歹也該跟他寒暄幾句，問問他：「最近怎麼樣？」或「對莉莉死心了沒啊？」才對。在福子面前，他只能拚命隱藏對莉莉的想念，連莉莉的「莉」字都不敢說出口，心中累積的鬱悶之情可說是千頭萬緒。如今突然遇上了塚本先生，本想和他傾訴一下愁腸，讓自己好過一些；按理說塚本先生也該稍微安慰他幾句，或至少為了這段時間都沒和他聯絡陪個不是才對。畢竟，在把莉莉交給品子時，庄造和塚本先生約法三章，要他偶爾代自己去探望一下莉莉的狀況，看看品子是怎麼待牠的，再轉而對庄造回報。當然，他們說好這是兩人間的祕密，絕對不能讓阿凜和福子知道。對庄造來說，他是因為有了塚本先生這道承諾，才會答應交出自己的寶貝貓兒；然而塚本先生在那之後卻連一次也沒信守諾言，表現得好像根本沒那回事一般，把人給耍得團團轉。

不過，塚本先生其實也不是忘了這件事，而是因為平日生意繁忙，一忙起來就給忙忘了。庄造固然是因為恰好遇見塚本先生，想要對他抱怨一下；但眼看塚本先生正忙著做事，讓他實在無法不識趣地提起貓的話題；就算真的說了出口，想必也只會挨塚本先生一頓奚落吧。眼看夕色逐漸黯淡下來，唯有塚本先生手中用來縫榻榻米的針仍不斷地閃閃發光。庄造也不是看得出神，就是呆呆著盯著他手上的針，杵在旁邊一動也不動。這一帶在國道沿線上也算是民家比較稀疏的路段，南邊有一方用來養殖食用蛙的池子，北邊是一尊剛落成沒多久的石造地藏菩薩，用來弔念因交通意外身亡的人們，至於在醫院後面這一邊，則是連綿不斷的田地。眼看著時候不早了，不久前還能在晚秋澄澈的天氣中清楚望見遠處坐落在阪急電鐵沿線的群山，如今山腳的皺褶皆已籠罩在暮色的薄靄之中。

「那麼，我先失陪了——」

「偶爾來玩啊。」

「下次等你有空時再過去打擾。」

庄造一腳踩上踏板，踩了兩、三圈之後，似乎還是很不甘心，轉頭開口說道：

「我說啊——」

一邊說著一邊調轉了龍頭，又騎了回來。

「塚本先生，雖然不好意思打擾你，但有件事我實在想問問。」

「什麼事？」

「我等等想去六甲那邊……」

塚本好不容易縫完一塊榻榻米後正要起身，聽庄造這麼說，露出一副受不了他的表情答道：

「去那做什麼？」

說著，把手上抱著的榻榻米「咚！」地一聲放回台座上。

「還不都是因為我完全不知道之後情況怎麼樣了嘛……」

「你當真的嗎？放下吧，這樣哪裡像個男人啊！」

「不是啦，塚本先生！事情不是你想的那樣。」

「當時我可是和你再三確認過的。說什麼對那個女人已經死心、就算只是看到她的臉都覺得難過的人，是你自己啊。」

「等等，塚本先生，你等一下！我不是在說品子，我是指那隻貓啦。」

「什麼？貓？」

笑意突然在塚本的眼角和嘴角綻放開來。

「啊，原來是在說那隻貓啊。」

「是啊。你還記得當時答應過我，偶爾會去看看品子有沒有好好疼牠吧？」

「我有說過嗎？你也知道今年鬧水災，害我都快忙不過來——」

「我當然知道。而且我找你說這些，又不是想叫你去。」

庄造話中帶了點刺，但對方似乎渾然不知，繼續說道：

「你啊，還是沒辦法忘了那隻貓嗎？」

「我怎麼忘得了啊。你把牠帶走之後，我一天到晚在擔心品子那女人會不會虐待牠、她們兩個處不處得來之類的，甚至每晚都夢見牠。而且，在福子面前我連吭一聲也不行，豈不是更讓我這裡難過嗎……」

庄造一邊拍著胸前，同時用另一隻手摳了摳肚臍。

「……老實說，至今我也曾想過要去看牠。只是，這一個月來福子幾乎不讓我單獨出門。難道就沒有什麼方法，可以讓我不見到品子，只偷偷和莉莉見面嗎？」

「我想應該很難吧。」

塚本把手伸向一度放下的榻榻米，似乎是希望庄造可以行行好，別再過來煩他了。

「你這一去，不管怎麼樣，人家都會發現吧？而且，萬一品子不覺得你是去看貓，而是還沒對她忘情，不就麻煩了嗎？」

「你還是放棄吧。東西一旦給了人了，想再多也無濟於事。我說得沒錯吧，石井老弟——」

「我問你……」

庄造並未回答塚本的問題，逕自接著繼續發問。

「你知道品子平常是待在二樓，還是在樓下嗎？」

「好像是在二樓，但應該也會下樓吧？」

「她會不會出門呢？」

「這我就不曉得了。人家做的是針線活，應該大多數時間都在家裡吧？」

「她大概都幾點上澡堂？」

「不知道耶。」

「這樣啊。那不打擾你了。」

「石井老弟！」

就在塚本抱著榻榻米站起來的這個空檔間，庄造已經騎上腳踏車，一下子便和他拉開了一、二間[②]的距離。他對著庄造的背影喊道：

「你真的要去？」

「我還沒決定要怎麼辦。總之先騎去附近看看。」

「你要去是你家的事，之後要是惹出什麼麻煩來，可別來找我啊。」

② 一間：約為一百八十一點八公分。

「這件事拜託也別跟福子和我老媽說。算我求你了。」

於是，庄造搖搖晃晃地騎到了平交道的另一頭去了。

接下來就算到了那裡，會有什麼辦法能在不和那一家人打到照面的前提下，偷偷見上莉莉一面呢？由於那棟房子後頭剛好是空地，再怎麼想都只能躲在楊柳樹蔭或雜草堆裡，一直等到莉莉到外頭來為止。然而，如今天色已經這麼暗了，就算牠跑到外面來，也不容易看見。而且，初子的老公也即將下班回家，家裡人一定會為了準備晚飯而在後門進進出出的，他也不好像個等著闖空門的小偷一直在那賴著不走。既然如此，或許下次該挑個早一點的時間來。不過，光是難得地背著老婆騎著車到處亂晃，也已經夠教庄造開心了。事實上，要是錯過今天，就得再等上半個月才有機會來。福子常會去找她爸爸討零用錢，頻率大約一個月兩次，分別在一號和十五號前後幾天。每次她爸爸一定會留她吃晚飯，最快也要晚上八、九點才會回來。也就是說，像今天這種日子，庄造接下來還有三、四個小時的自由。如果他下定決心肯忍受飢餓和寒冷，至少還能在屋後的那塊空地上站上兩小時左右。所以，若莉莉還維持著吃完晚飯後會外出散步的習慣，也許可以碰得到牠。這麼說來，莉莉在吃完飯後，常會到草地上吃點綠色的葉子，所以在那片空地上肯定很有希望可以等到牠——庄造一邊這樣想著，一面騎到甲南學校前門附近，把腳踏車停在一間叫國粹堂的收音機店前面，從店門外往裡頭張望了一下，確定老闆在店裡之後，才開口打招呼：

「你好！」

說著便將店前的玻璃門拉開了一半左右。

「不好意思喔，可不可以借我二十錢？」

「二十錢就夠了嗎？」

老闆的表情有些尷尬，看起來就像是在想「雖然我不是完全不認識你啦，可是好像也沒熟到能讓你這樣突然跑來借錢吧？」不過，區區二十錢他也不好拒絕，只好從手提保險箱裡拿出兩枚十錢硬幣，一聲不吭地交到庄造掌心。庄造接過錢，馬上騎去甲南市場，不久後懷裡便拽著一袋紅豆麵包和一個竹葉小包，折回來對老闆說：

「拜託廚房借我用一下。」

庄造有種乍看是個不錯的人，同時又有點厚臉皮的特質，對於像這樣拜託人早已駕輕就熟。就算店老闆問他：「你要做什麼？」，他也只是回答：「沒什麼啦。」同時臉上帶著笑意從後門繞進廚房，把竹葉包著的雞肉放進鋁鍋中，開火用水燙熟。整個過程裡他大約說了二十幾遍「不好意思耶」，之後又對老闆說：

「抱歉麻煩你這麼多，可不可以再拜託一件事？」

開口向人家借掛在腳踏車上的夜燈。老闆聞言走進屋裡，再出來時一邊對庄造說：「你拿這個去吧。」一邊交給他一個上面印著「魚崎町三好屋」字樣、不知是哪家外燴餐館的舊燈籠。

「喔？這東西應該有些年代了吧？」

「所以說，你也用不著太寶貝它。想到再順便拿來還就好了。」

外頭的天色還有些微亮，於是庄造先把燈籠掛在腰間，一路騎到了阪急電鐵六甲站前，看見公車站牌旁那座標著「六甲登山口」的大柱子之後，他便把腳踏車停在角落的歇腳茶店，沿著有點坡度的路朝二、三丁[3]遠處的那戶人家走去。到了目的地之後，他繞到房子北側的後門那一頭，走進空地裡找了一處約二、三尺高的茂密草叢蹲了下來，屏氣凝神地等待著。他打算在這裡一邊啃著剛才買的紅豆麵包，

③丁：一丁約一零九點零九公尺。

一邊等上兩個小時。如果途中看見莉莉出來了，就把特地帶來的川燙雞肉拿出來給牠，再久違多時地讓牠跳上自己的肩膀、舔舔自己的嘴角，和牠好好地膩一膩。

仔細想想，今天原本是因為發生了不開心的事情，才會漫無目的外出閒晃。然而，一旦出了家門，便自然而然地朝西邊去，還因此碰上了塚本先生，才會令他中途下定決心，一路跑到這裡來。早知道會如此，就應該要穿外套來才對。這種天氣在外頭只穿一件毛線襯衫和棉背心，難免會覺得冷。庄造冷得打了一個哆嗦，抬頭望向滿天星星開始閃耀著的夜空。他踩在木底草鞋上的雙腳接觸到雜草冰冷的葉片，像是想起了什麼似地撥了撥帽子和肩膀，卻摸到上面已經結了厚厚的一層露水。也難怪他會覺得冷了——要是在這裡蹲上兩個小時，搞不好會感冒。然而，此時庄造卻聞到屋子的廚房裡傳出了烤魚的味道。一想到莉莉聞到了那種味道後可能會從外面回家，就讓他緊張得不得了，於是開口小聲地喊著：「莉莉！莉莉！」，同時腦子裡不斷思索著有沒有辦法能只對貓打暗號而不被房子裡的人們察覺。他所蹲的草叢前方長滿了各式各樣的雜草，其中的葉片偶爾會發出反光。每當看見前方的小亮點，明知那只是露水的水珠或遠處電燈的倒影，還是會讓庄造一時之間猶疑那可能是黑暗中的貓眼，讓他的心跳隨著「啊！那個好像是莉莉！太好了！」的念頭怦然加速、心窩竄起一陣涼意，接著在下個瞬間又跌入失望的谷底當中。說來可笑，庄造至今從未對人有過這種小鹿亂撞的心情。最接近的，大概也不過是在咖啡廳調戲女服務生時的那種感覺。如果用他所曾經歷過的戀愛體驗來形容，差不多就像是他背著前妻和福子幽會時的那種有點開心，又有點不安，不知在期待著什麼，但總之就是靜不下來的感覺。然而，當時畢竟也是有雙方父母在其間穿針引線，幫著兩人騙過品子的耳目，因此庄造也無需提心吊膽地深怕穿幫，也不用頂著晚間的露水啃紅豆麵包，相較之下自然少了份認真；那種想要見一面、看一眼的渴望，也從未如此迫切過。

在秋天的漫漫長夜當中，只有一盞孤燈將莉莉和品子籠罩在燈光照亮的一小圈範圍當中，室內其他地方則仍是一片漆黑。夜漸漸深了，室內只迴盪著貓咪微弱的鼾聲，一旁的品子則默默地縫著手上的衣物。

秋の夜長の、またたきせぬ電燈の光が、リリーと彼女とただ二人だけを一つ圏の中に包んでいる外は、天井の方までぼうっと暗くなっている室内。……夜が次第に更けて行く中で、猫はかすかに鼾を掻き、人は黙々と縫い物をしている。

庄造對於母親和妻子都把自己當作小孩看待、彷彿他是個無法自立的低能兒一般這件事，一直感到非常不服氣。然而，他的身邊卻又沒有能夠訴說這類不滿的朋友，只能把一切情緒都往心底堆。久而久之，他開始有種孤單、無助的感覺，因此越發疼愛莉莉。他覺得似乎只有莉莉那雙充滿哀愁的眼睛，能夠看穿他心中無論品子、福子或母親都不得而知的寂寞，並為他帶來慰藉；同時，也開始認為唯有自己才能明白深藏於莉莉心中那份不知該如何向人類表達，唯有走獸才能明白的悲哀。然而，如今雙方已經隔了四十多天沒有見面了。事實上，這期間庄造也不是不曾試過說服自己早日死心；但隨著對母親和妻子的不滿日益累積又無處宣洩，對莉莉的渴望不知不覺間又湧上心頭，再也無法壓抑。對庄造而言，他就算想忘掉莉莉也忘不了。加諸在身上的森嚴門禁，只會讓他更加想見莉莉一面罷了。此外，塚本在把貓帶走之後便音訊全無，也是讓他掛心不已的原因之一。當時他明明答應會回報的，為什麼卻一點消息也沒有呢？雖然知道他工作繁忙，但那會不會並不是讓塚本沒來回報的主要原因？也許，他是為了不讓庄造擔心，刻意隱瞞著什麼？例如，莉莉遭到品子虐待，過著有一餐沒一餐的日子，因此身子日漸衰弱；還是說，牠已經逃出家門，就此失蹤？又或者，牠其實已經病死了？自從塚本把貓帶走之後，庄造有時會在夜裡突然醒來，耳邊彷彿聽見「喵！」的叫聲。這樣的情況已不下一、兩次，而他每次都會起身假裝要去廁所，實則是去悄悄拉開遮雨窗看個究竟。同樣的事一再發生之下，使他開始懷疑方才聽見的聲音和夢中看見的身影，會不會是莉莉的靈魂——也許，牠在逃回來的途中丟了小命，只剩下魂魄回到自己的身邊？每次一想到這裡，庄造便嚇得渾身發抖。只是，就算品子這女人再怎麼壞心、塚本先生再怎麼不負責任，若莉莉真有個三長兩短，他們應該也不至於知情不報才是。因此，庄造只能不斷用沒有消息表示牠過得很好這個藉口來說服自己，駁斥心中各種不吉利的想像。儘管如此，他之所以還是對於老婆說的話言聽計從，一次都沒往六甲去的理由，除了因為被看管得相當緊之外，另一方面就是覺得若就這麼掉進品子設好的陷阱，未免太不痛快了。雖然庄造至今仍無法分辨想要把莉莉接過去住到底是不是出於品子的真心，但卻開始胡思亂想，猜測或許塚本疏於報告，正是因為受到了品子的指使；或者她搞不好就是故意要讓庄造坐立難安，好把他引過去。於是，想要確認莉莉是否平安無事的心情，和對於主動掉入品子設下的陷阱中的反感變得幾乎同樣強烈。庄造無論如何都想見莉莉一面，但同時卻也不想被品子逮到。否則，她一定會刻意裝腔作勢，抽動著她引以為傲的鼻子說：

「你終於還是來了呢。」

那種表情，光是想像就讓他作嘔。其實，庄造也有他奸詐的地方。他看似軟弱、總是任憑他人意見左右，實際上卻很懂得如何利用旁人對他的這種看法，甚至連將品子趕出家門時用的也是這一招。表面上，這件事雖然是他在阿凜與福子指使下所為，但實際上他或許比任何人都厭惡品子。於今想起，庄造還是認為自己幹得好、幹得痛快，一點都不覺得品子可憐。

現在，品子一定就在二樓那扇裡頭亮著燈的玻璃窗後面。庄造光是蹲在雜草從中抬頭望向那盞燈光，便又再次想起她那張彷彿看不起人，又像是自以為聰明的嘴臉，於是又開始鬱悶了起來。好不容易來到了這裡，至少也得聽莉莉叫一聲「喵！」再回去，哪怕只是離得遠遠地聽也行——只要能確定品子的確有在照料牠，他也好稍微放下心來。或許，來到這裡是他和莉莉心有靈犀，他應該要偷偷從後門窺探一下，說不定有機會偷偷叫初子出來，把帶來的雞肉拿給她，順便問一問莉莉的近況……諸如此類的想法不斷在庄造的腦海中翻騰，然而一看見那扇窗戶透出的燈光，在心中想像了一下品子的臉，便使他裹足不前。要是真的那樣做，搞不好會讓初子誤會，直接上二樓去叫她姐姐下來；再不然，之後她也一定會跟家裡的人說起這件事。要是因此而讓品子覺得「我的計畫差不多要實現了。」讓她自鳴得意起來，也讓人覺得不快。這麼一想，還是得耐心地蹲在空地上，等待著莉莉偶然路過的機會。只是，既然等到現在都絲毫沒有動靜，總覺得今晚恐怕是沒指望了。

從開始等到現在已經過了大約一個半小時，庄造不僅已經把袋子裡的紅豆麵包都吃完了，同時也開始擔心起家裡的狀況。如果只有母親在家倒是沒什麼問題，但要是讓福子比他先到家的話，今晚他肯定又沒得睡覺，準備被擰出滿身瘀青了。滿身瘀青也就算了，更糟糕的是，從明天起福子對他的監視想必會更加森嚴。不過仔細想想，在這等了一個半小時，卻連一聲微弱的貓叫聲都沒傳進耳裡，未免有點奇怪。難道說，自己這陣子做的夢應驗了，牠已經不在品子家裡了？剛剛既然飄出烤魚的味道，表示他們家應該是要吃晚飯了。同一時間他們應該也餵莉莉吃了點東西，照理說牠應該要出來吃草才對；然而像這樣一點動靜也沒有，未免太奇怪了……

庄造終於忍不住從雜草叢中起身，悄悄靠近後門邊，把臉湊近門縫窺視。樓下的擋雨門已經拉上，除了斷斷續續地傳來初子哄孩子入睡的聲音之外，一片死寂。庄造抬頭望向二樓的玻璃窗，原本期待或許能看見瞬間掠過窗邊的貓兒身影，然而在窗戶裡頭的白色窗簾卻動也不動，一點動靜也沒有。窗簾的上半截是暗的，下半截則透出少許亮光，可見品子已經關了大燈，正在連夜趕工。庄造腦海中突然浮現品子正在燈光下專心做著針線活，而莉莉則乖乖地趴在她身旁，把身體縮成一團酣睡著的情景。在秋天的漫漫長夜當中，只有一盞孤燈將莉莉和品子籠罩在燈光照亮的一小圈範圍當中，室內其他地方則仍是一片漆黑。夜漸漸深了，室內只迴盪著貓咪微弱的鼾聲，一旁的品子則默默地縫著手上的衣物。如果說，那扇窗戶的後面，正上演著這種有點冷清又有點寂寥的場面，或許真的發生了什麼奇蹟，使得莉莉和品子能夠和睦共處——庄造不禁捫心自問，倘若真的讓他看見這樣的光景，他是否能夠忍住不吃醋。老實說，若莉莉已經忘了從前的一切，對現狀感到十分滿意，他固然會覺得不高興；但如果得知牠遭到虐待甚至死掉了，則一定更讓他感到難過。若無論如何都不會好受的話，或許乾脆什麼都不要知道才是最好的做法。就在這時，樓下的吊鐘突然「咚！」的敲響了半點的鐘聲，讓庄造驚覺已經是七點半了。於是，他像被人用力推了一把般地跳起身，三步併作兩步地動身回頭，途中卻又折了回來，手上拿著小包，在後門和垃圾箱旁邊晃來晃去。他思索著要如何把手上這包雞肉放在一個只有莉莉會發現的地方——如果放在草叢裡，怕是會讓野狗聞香而來；然而若放在這附近，想必會讓家中的人發現。庄造不管怎麼想，就是想不出一個理想的辦法，然而如今似乎已經不是煩惱這個問題的時候了。要是不在三十分鐘內到家，恐怕又將爆發一場家庭風暴了。

「老公，你剛才跑哪去了！」

庄造耳畔彷彿能夠聽見福子提高音量咄咄逼人地對自己這麼說，於是連忙把竹葉小包攤開來擺在雜草叢間，再用小石頭壓住兩端，並且隨便蓋了一些葉子上去遮掩一番。弄完之後，他便飛也似地橫越那塊空地，直直朝寄放腳踏車的茶店跑去。

當天晚上，比庄造晚了約兩個小時左右到家的福子看起來心情很不錯，對老公訴說著弟弟帶她去看拳擊賽的經過。隔天，在吃完比平時稍早了些的晚飯後，她開口提議：

「陪我去神戶一趟吧。」

於是，夫婦倆便一起出門去位於新開地的聚樂館了。

根據阿凜的經驗，福子剛從今津的娘家回來的那一陣子，也就是口袋裡有幾個閒錢的那五、六天到一個禮拜之間，心情總是很好的。在這段期間之中，她總是恣意揮霍，同時也會找庄造一起去看上兩場表演活動或歌劇之類的。正因如此，他們夫妻間的感情和睦，相處得十分融洽。然而大約過了一個禮拜，福子的零用錢差不多要見底時，她便會開始整天待在家裡，除了吃吃點心、看看雜誌之外什麼也不做，偶爾還會對老公惡言相向。至於庄造嘛，也只會在老婆手上有錢時表現得服服貼貼；一旦福子的零用錢見底了，便會現實地轉變態度，開始臭著臉頂嘴。到頭來最倒楣的還是庄造的母親，必須要默默承受來自夫婦雙方的氣。所以阿凜每次一見福子跑回今津去，心中總會暗自鬆一口氣，想著可以暫時安心一陣子了。

福子這次回來後，眼看著平靜無波的一週又將開始。然而，就在夫婦倆去過神戶的三、四天後，這天傍晚，福子在和老公吃晚飯時，對著小茶几另一頭的庄造說道：

「之前去看的那個表演，實在一點都不好看耶。」

福子的酒量不錯。她的眼角帶著幾分醉意，繼續說著：

「——欸，你覺得怎麼樣？」

同時拿起酒瓶，卻被庄造一把搶了過去，主動替她斟酒。

「再來一杯吧。」

「不行了⋯⋯我已經醉了啦。」

「沒關係啦，再來一杯嘛。」

「在家喝有什麼好喝的？不提這個了，明天要不要去哪裡玩？」

「好啊，我也想出去玩。」

「我的零用錢幾乎都還沒動呢。這陣子只有前幾天晚上在家吃了晚飯後，出去看了場表演而已吧？所以呢，我手邊的錢還有不少喔。」

「那……要去哪裡玩？」

「寶塚這個月排的節目是什麼？」

「好像是歌劇吧？」

或許是想到之後還有去溫泉老街這個行程在等著，庄造的表情看起來對此並不是相當期待。

「既然還有那麼多零用錢，要不要找點更好玩的樂子？」

「感覺可以好好想想呢。」

「要不要去賞楓？」

「去箕面嗎？」

「箕面不行啦，之前鬧水災把那裡都淹壞了。我在想，好久沒有去有馬了，不如趁這機會去看看，妳覺得怎麼樣？」

「真的很久了呢……嗯？上次去是什麼時候的事了啊？」

「差不多剛好一年了……不，不止。當時還能聽見樹蛙在叫。」

「是啊，已經一年半沒去了呢。」

那是在兩人剛發展出不可告人的關係時的事情。某天，他們約在路面電車的終點站瀧道碰面，再一起改搭神有電車到有馬去，在御所坊要了一間二樓的房間，消磨了半天左右時間。兩人一邊聽著溪流沁人心脾的流水聲一邊喝著啤酒，睡睡醒醒，好不愜意。如今，他們同時想起了那段快樂的夏日回憶。

「那我們這次也還是訂御所坊的二樓吧。」

「比起夏天，現在這個時節一定更適合。我們可以賞賞楓、泡泡溫泉，之後再悠閒地吃個晚飯。」

「好啊！好啊！就這麼決定了。」

隔天，兩人打算提前出門吃頓較早的中飯，但福子從早上九點就已開始著手準備，同時對著鏡中的庄造說：

「你的頭髮還真是一團亂耶。」

「好像是耶。畢竟已經半個月沒上理髮店了。」

「那你趕快去吧。半小時內給我回來。」

「真有這麼糟糕嗎？」

「只要你還頂著那頭稻草，就不准走在我旁邊。快點去！」

庄造左手揮舞著從老婆手中接過的一圓鈔票，連忙跑到離店面東邊約半町距離的理髮店門前。恰好這時店裡一個客人也沒有，於是他對從房間走出來的老闆說：

「拜託幫我簡單整理一下吧。」

「要出門嗎？」

「打算去有馬賞楓。」

「真是不錯呢。太太也一起嗎？」

「是啊，我們打算提前吃個中飯後就出發，結果她叫我半小時內來把頭髮剪好。」

三十分鐘過後，老闆目送庄造離去，對著他漸行漸遠的背影說道：

「這趟一定很好玩呢。慢走啊。」

庄造回到了家門前，剛踏進店裡一步，突然聽見福子用不太尋常的聲調說著話。於是，他就這麼停在玄關，沒再往屋裡走去。

「媽，我問妳。為什麼直到今天都還瞞著我？……為什麼發生了那種事情，卻不告訴我一聲？這樣一來，不是顯得好像妳是假裝站在我這邊，背地裡一直默許他做那種事嗎？」

福子聽起來相當不悅，聲調也比平常來得高。至於母親聽起來則是處於被逼問的一方，偶爾回應個一兩句，但大多是想要設法矇混過關的喃喃自語以至於聽不太清楚。屋內只迴盪著福子彷彿怒吼般的嗓音。

「什麼?不一定真的有去?怎麼可能!跑到人家家裡去借廚房燙雞肉,不是拿去給莉莉吃,會是去哪裡?……所以說,他把燈籠帶回來擺在那裡這些事,媽妳都知情囉?」

福子很少會對庄造的母親用這麼尖銳的聲音說話,但看來在剛剛庄造上理髮店的這段時間內,前幾天借他燈籠的國粹堂那裡來人要了當天借的錢和燈籠。簡單來說,那天晚上庄造把燈籠掛在腳踏車前面騎回家來,為了不被福子責問,便把燈籠藏在倉庫裡的櫃子上面。然而或許庄造的母親大致上知道燈籠擺在哪,於是把它找了出來還給人家。話說回來,那國粹堂的老闆明明說什麼想到再順便拿來還就好了,為什麼又特地來討呢?再怎麼想,應該也不是捨不得那舊燈籠,而是剛好路過這一帶,或是對於庄造借了二十錢就沒下文感到不滿吧?再說,雖然不知道來的是老闆本人還是店裡的小弟,但也不必連他燙雞肉的事都全盤托出吧……?

「如果說庄造只是去找莉莉的，那我也不會多說什麼。但就是因為他去的地方不只有莉莉，所以這些話我才不得不說。媽，妳和他像這樣聯手起來騙我，真的覺得我會就這樣算了嗎？」

阿凜完全無從反駁，只能擺出唯唯諾諾的態度。代替兒子被媳婦這樣吼固然有些可憐，但也有幾分教人感到痛快。庄造心想要是自己在場，福子的怒火一定不只如此，於是有種逃過虎口的感覺，擺出苗頭不對隨時可以逃出家門的姿勢。

「不，我很清楚！妳是想讓他到六甲那裡去，商量接下來該怎麼把我趕走吧！」

屋內傳來這句話之後，隨即發出「咚！」的一聲聲響。

「等等！」

「別管我！」

「妳這是要去哪啊？」

「我要去找我爸爸。讓他來評斷看看我們兩個是誰不講理！」

「妳等等，庄造很快就回來了……！」

店裡不斷傳出兩人爭執的聲音，嚇得庄造只得往街上逃。他一連跑了五、六町的距離，早已無從得知家中的狀況後來如何，回過神來卻發現自己來到了新國道上的公車站前，手中還緊緊握著剛剛理髮店找來的零錢。

當天下午一點左右，品子說要把趁著早上將縫好的衣物送去給附近鄰居，於是在平時穿的便服外面加了一件毛線披肩，小跑步著從後門出去了。初子原本獨自在廚房忙著，卻看見窗戶突然被拉開了一尺左右，外頭站著上氣不接下氣的庄造，正往屋裡窺探。

「哎呀！」

初子嚇得幾乎要跳了起來，庄造見狀連忙鞠了個躬，笑著叫她：

「阿初……」

同時一邊留意後方的動靜，一面壓低聲音說道：

「我問妳喔，剛剛品子是不是從這裡出門去了？」

庄造的口氣聽起來相當緊張，講起話來又急又快。

「剛剛我在那邊看到她，但她沒發現我。因為我躲在楊柳樹蔭下面。」

「你找姊姊有事嗎？」

「我哪敢啊！我只是來看莉莉的。」

庄造說到這裡，突然換成了一種感觸良多、充滿哀愁和寂寞的語調。

「我問妳，阿初。那隻貓在哪裡？抱歉，讓我見牠一面吧！真的只要一會兒就行了！」

「應該就在這附近吧？」

「我也是這麼想，所以在這一帶晃了一下，還在那裡站了兩個小時，但就是沒看到牠的身影啊。」

「這樣的話，牠應該是在二樓吧？」

「品子很快就會回來了嗎？她去哪裡了？」

「她把縫好的東西送到附近鄰居那裡，大概離這兩、三町遠而已，馬上就會回來了。」

「啊，那怎麼辦！傷腦筋啊！」

庄造一面說著，一面不斷搖頭晃腦地，同時不忘用腳跺著地面。

「拜託妳了，阿初。算我求妳了！」

說著，庄造做出雙手合十的動作。

「這是我今生今世唯一的請求，拜託妳趁現在把牠帶來吧。」

「你見了牠想要做什麼？」

「我沒有要做什麼，只是想親眼看看牠平安無事的樣子，好放下心來啊。」

「你不會就這麼把牠帶回家去吧？」

「我哪可能會那樣做啊。只要妳今天讓我看一眼，我以後就不會再來了。」

初子露出一副受不了的表情，睜大了眼睛盯著庄造看了一會兒，便像是想到了什麼，默默地往二樓走去，卻在爬樓梯爬到一半時折了回來，只探出一個頭對廚房這邊的庄造說道：

「找到牠囉。」

「找到了嗎？」

「可是我沒辦法把牠抱過去給你。你自己來這看吧。」

「我上樓去沒關係嗎？」

「看完快點下樓就是囉。」

「好，那我就打擾了。」

「你可要快點啊！」

庄造踩著又窄又陡的梯子上樓的途中，心跳得快得不得了。他朝思暮想的願望眼看就要實現了。即將見到莉莉一面固然令他欣喜若狂，但同時心中卻也不斷地猜想著牠有什麼樣的改變。得知莉莉既沒有魂斷路邊也沒有失蹤，而是好端端地待在品子家中，固然值得高興；但同時他也擔心牠有沒有遭到虐待，或是變得瘦弱許多。短短一個半月的時間，牠應該還不至於忘記前任主人，但等見到面時，牠究竟是會彷彿很懷念似地朝自己跑過來，還是又會害羞地逃跑？從前牠還在蘆屋的時候，有時隔了兩、三天回到家，牠便會整個身子黏過來又舔又蹭，彷彿再也不准庄造去別的地方一般。如果牠現在再這樣對自己，到時想要把牠甩開，難免又要讓他痛徹心扉了。

「就在這裡喔——」

房間裡的窗簾是拉起來的，把晴朗午後的陽光都阻擋在外。大概是細心的品子在外出前拉上的吧，室內因此顯得有些陰暗。房裡擺了一口信樂燒的陶瓷火盆，旁邊疊了兩張坐墊。令庄造想念不已的莉莉把前腳藏在肚子下方，同時將背彎成圓形，就這麼縮在坐墊上面，閉起眼睛打著瞌睡。牠看起來並不如庄造想像中的那樣消瘦，同時毛色也仍帶有光澤，顯示平日受到不錯的待遇。除了專門鋪著給牠用的兩張坐墊之外，還有幾項證據都顯示品子比庄造想的更加疼惜莉莉。房間角落的一張報紙上有著被吃得乾乾淨淨的盤子和蛋殼，可見剛才餵牠吃午飯時品子還幫牠加了生雞蛋；而在報紙的旁邊，還擺著和牠住在蘆屋時用的同一套貓砂。此時，庄造突然聞到了那遺忘多時的獨特氣味。那原本充斥在自己家中的牆壁、地板以至於天花板每個角落的氣味，如今則已經是屬於這個房間的味道了。庄造一思及此，突然悲從中來，用含糊的聲音喊了聲：

「莉莉……」

莉莉像是聽見了又像沒聽見，只是張開慵懶的雙眼，朝庄造的方向不情願地一瞥，除此之外再無任何表示。接著，牠把前腳收得更緊，彷彿覺得很冷似地抖了一下，讓背脊的毛皮和耳朵也隨之顫動之後，便充滿睏意地閉上了眼睛。

這天的天氣雖然晴朗，但同時也使得寒意更加沁人心脾，因此莉莉才不想離開火盆旁邊吧。再加上才剛吃得飽飽的，使牠更不想動了。庄造對於牠的懶惰個性早已了然於胸，面對這樣冷淡的態度倒是並不感到意外。然而，不知是否是他的心理作用，總覺得從牠眼角堆積如山的眼垢和不知為何緊緊縮成一團的姿勢看來，才一段時間沒見，牠又老了許多，甚至有種日暮西山之感。其中更令庄造感到震撼的，是方才牠的眼神中流露出的訊息。從前，不論牠有多麼想睡，也不曾露出像今天這樣，彷彿一位精疲力竭的旅人般疲憊至極的神色。

「牠已經不記得你了，畜牲就是畜牲啊。」

「才不是呢。是因為旁邊有人在看，牠才會刻意裝出那種樣子啦。」

「是這樣嗎……？」

「那當然。所以……不好意思，可以讓我把紙門帶上，請阿初妳在這等一下嗎？」

「你把紙門關上要做什麼？」

仔細想想，庄造為了一己好惡把前妻趕出家門之後，不僅害得莉莉也吃了不少苦，今早甚至連他自己也陷入了有家歸不得的窘境。

考えてみると庄造は、云わば自分の心がから前の女房を追い出してまい、この猫にまでも数々の苦労をかけるばかりか、今朝は自分が我が家の閾を跨ぐことができないで、

「我不會做什麼。只是……想把牠……抱到我的大腿上。」

「可是姊姊馬上就要回來了喔。」

「那就拜託阿初妳到那間房間裡幫我看著門前的動靜，只要一看到她，就馬上來通知我。拜託妳了……！」

庄造把手搭在紙門上說完這番話，便又往房內走去，將初子關在外面。他一邊叫著：

「莉莉！」

一邊來到牠的跟前坐了下來。

起初莉莉眨了眨眼，彷彿對於午睡遭人打斷感到不太開心；然而隨著庄造幫牠擦了擦眼垢、把牠抱到大腿上來摸摸牠的脖子，牠看起來也並不排斥，就這麼任憑庄造擺佈。沒過多久，牠的喉嚨便開始發出呼嚕嚕的聲音。

「莉莉啊，怎麼啦？是不是哪裡不舒服啊？人家每天有沒有好好疼妳啊？」

庄造拚命地對著莉莉說著各式各樣的話，期待牠會突然想起從前那些親暱的小把戲，把額頭湊過來或舔遍自己的臉。然而，無論莉莉聽了什麼，都還是只閉著眼睛發出呼嚕嚕的聲音。庄造不死心地繼續撫摸著牠的背，同時打量房間中的擺設，並充分感受到品子一絲不苟又急性子的個性，體現在房裡的種種細節當中。就算只是出去個兩、三分鐘，她也會把窗簾拉上。同時，這間四張半榻榻米大小的房間裡雖然擺滿了梳妝台、衣箱、裁縫工具、貓的餐具和排泄用具等各種物品，卻都整理得有條不紊；就連屋內的火盆，其中的火鏟也牢牢地插在炭火當中，燒完的灰也被理得整整齊齊；三腳架上鍍了琺瑯的鐵壺，更是被擦得閃閃發光。這些其實也不值得大驚小怪。真正讓庄造感到訝異的，是盤子裡剩下的蛋殼。照裡說，品子光是自己要糊口就已經相當吃力，但看來她即使手頭拮据，還是努力設法為莉莉補充營養。不只如此，和她自己用的比起來，莉莉身子下的那兩塊坐墊裡頭鋪的綿搞不好還更厚些。到底她的心境起了什麼變化，才會如此疼愛起原本恨之入骨的那隻

貓呢？

仔細想想，庄造為了一己好惡把前妻趕出家門之後，不僅害得莉莉也吃了不少苦，今早甚至連他自己也陷入了有家歸不得的窘境，才會遊蕩到這裡來。如今聽著莉莉發出的呼嚕聲，聞著貓砂飄出的那股令人忍不住憋氣的味道，頓覺心中湧現了各種感觸。他甚至萌生了一種想法，覺得品子和莉莉固然可憐，但最可憐的或許還是他。今後，他或許真的要無家可歸了。

就在這時，庄造耳邊傳來了一陣急促的腳步聲。

「姊姊已經走到轉角那邊了！」

初子慌張地拉開了紙門。

「啊！糟糕了！」

「不能從後門出去！前面……繞到前門去！衣服我改天再幫你送去！快點！快點！」

　　庄造跌跌撞撞地跑下樓梯衝到正門玄關，套上初子幫他丟在地上的木底草鞋。才剛偷偷走回大街上，眼角餘光便瞄到品子的背影恰好彎進了自家的後門，於是便彷彿被什麼可怕的東西追逐著一般，頭也不回地朝反方向跑去了。

日本唯美主義代表大師
谷崎潤一郎年表

藝術家是不斷夢見自己憧憬的、比自己遙遙在上的女性的，可是大多女性一當上了老婆，就剝下金箔，變成比丈夫差的凡庸女人，所以便會不知不覺又另外追求起新的女性。

出生（明治十九年）

一八八六年七月二十四日，出生於東京日本橋，父親谷崎倉五郎本業為米商，曾經營印刷所「谷崎活版所」，後生意失敗，家道中落。

6歲

一八九二年，進入阪本尋常小學校就讀。

15歲

一九〇一年，家中經濟陷入困境，靠伯父久兵衛資助進入東京府立第一中學就讀。

16歲

一九〇二年，於精養軒西店主人北村家擔任家庭教師。

19歲

一九〇五年，進入東京第一高等學校英法語科就讀。

21歲

一九〇七年，被發現與北村家女僕穗積相戀，辭去家庭教師一職。

22歲

一九〇八年，進入東京帝國大學文學部就讀，在學期間接觸唯心主義、悲觀主義等哲學理論，並深受波特萊爾、愛倫坡、王爾德等人影響。

24歲（明治四十三年）

一九一〇年，與劇作家小山內薰、師人島崎藤村等人創辦《新思潮》雜誌，並發表短篇小說《刺青》、《麒麟》受到永井荷風的青睞，開始受到注目。

25歲

一九一一年，大學三年級時由於積欠學費而遭退學。發表短篇小說《少年》、《幫間》。

26歲

一九一二年，發表短篇小說《惡魔》。

29歲

一九一五年，與藝妓出身時年十九歲的石川千代結婚，兩人定居於東京新小梅町。發表短篇小說《祕密》。

30歲

一九一六年，女兒谷崎鮎子誕生，一家轉居東京原町。發表短篇小說《神童》、長篇小說《鬼面》。

31歲

一九一七年，五十三歲的母親過世，為照顧獨居的公公妻子千代與女兒鮎子搬回老家。谷崎與情人聖子開始交往並同居。發表長篇小說《人魚的嘆息》、短篇小說《異端者的悲哀》。

32歲

一九一八年，拜訪朝鮮半島、中國。發表短篇小說《小小王國》、《兩人的稚兒》。

33歲

一九一九年，父親過世，一家人移居曙町，開始與作家佐藤春夫交流往來。同年又移居小田原。發表短篇小說《私》、《母親戀記》。

34歲（大正九年）

一九二〇年，擔任大正映畫腳本顧問，並引薦情人聖子做為該劇演員。因為想與聖子結婚，於是向千代提出離婚要求，且為了安頓千代日後的生活，便向佐藤春夫提出讓妻協議。但向聖子求婚後卻遭到拒絕。

35歲（大正十年）

一九二一年，由於求婚遭拒，故不打算與千代離婚，與佐藤春夫的讓妻協議因而破局，兩人宣告絕交，是為轟動一時的「小田原事件」。同年移居橫濱。

37歲（大正十二年）

一九二三年，發生關東大地震，移居兵庫。自此受到關西傳統風情影響，文學生涯進入第二階段，作品揉合大量關西風土、日本傳統文化，文風也漸趨成熟。

39歲

一九二五年，發表以情人聖子為女主角藍本的長篇小說《痴人之愛》。

40歲（大正十五年）

一九二六年，再度拜訪中國，與文人郭沫若等人會面。同年，與佐藤春夫和解。

41歲（昭和二年）

一九二七年，在與芥川龍之介的聚會中認識時年二十四歲的第三任妻子根津松子，兩人當時皆為已婚身分。同年，也是與芥川文學意見爭執最厲害的時期，發表〈饒舌錄〉主張除去情節的趣味就等於捨棄了小說這種形式所擁有的特權，與發表〈文藝的，過於文藝的〉的芥川持不同意見，芥川認為情節的有趣程度並無法強化作品的藝術價值。

42歲

一九二八年，認識第二任妻子古川丁未子。發表作品《卍》。

44歲（昭和五年）

一九三〇年，谷崎、千代、佐藤春夫共同發表告示公告周之：谷崎與千代離婚，千代與佐藤結婚，為各大報紙爭相報導的「細君讓渡事件」。發表以讓妻事件為故事藍本的長篇小說《食蓼之蟲》。

45歲

一九三一年，與二十四歲的古川丁未子結婚。發表長篇小說《吉野葛》。

46歲

一九三二年，發表《青春物語》及長篇小說《盲目物語》、《武州公祕話》、《蘆刈》。其中《武州公祕話》是與芥川龍之芥文學爭論後刻意寫下的「有情節的小說」。

47歲（昭和八年）

一九三三年，與弟弟谷崎精二絕交。發表《陰翳禮讚》及長篇小說《春琴抄》。

48歲

一九三四年，開始與離婚後的松子同居。發表《文章讀本》。

49歲（昭和十年）

一九三五年，與丁未子離婚，同年與松子結婚。發表以丁未子離婚為故事藍本的長篇小說《貓與庄造與兩個女人》。

53歲

一九三九年，女兒鮎子與佐藤春夫的侄子竹田龍兒結婚。

55歲

一九四一年，翻譯《源氏物語》。

60歲

一九四六年，移居京都。

62歲（昭和二十三年）

一九四八年，發表以松子四姐妹為藍本的長篇小說《細雪》。

63歲（昭和二十四年）

一九四九年，獲得日本文化勳章。

64歲

一九五〇年，發表長篇小說《少年滋幹之母》。

68歲

一九五四年，移居熱海別墅。

69歲

一九五五年，發表《幼少時代》。

70歲

一九五六年，發表長篇小說《鍵》。

72歲（昭和三十三年）

一九五八年，有中風現象，此後作品都以口述創作。

73歲

一九五九年，發表短篇小說《夢浮橋》。

75歲

一九六一年，發表長篇小說《瘋癲老人日記》。

76歲（昭和三十七年）

一九六二年，發表長篇小說《台所太平記》。同年由美國作家賽珍珠推薦提名諾貝爾文學獎。

79歲（昭和四十年）

一九六五年七月三十日因腎臟病逝世，長眠於京都法然院，分骨埋葬於東京慈眼寺。中央公論社為紀念谷崎潤一郎與創社八十週年，設立「谷崎潤一郎賞」。

廣　告　回　函
板橋郵政管理局登記證
板橋廣字第143號

郵資已付　免貼郵票

野人

231
新北市新店區民權路108-2號9樓
野人文化股份有限公司　收

請沿線撕下對折寄回

野人

書名：貓與庄造與兩個女人　書號：ONGW0103

好野人部落格
http://yeren.pixnet.net/blog

野人文化粉絲專頁
http://www.facebook.com/yerenpublish

野人文化
讀者回函卡

書名：貓與庄造與兩個女人　書號：ONGW0103

姓　名　　□女　□男　生日

地　址

電　話 公　　宅　　手機

Email

學　歷　□國中（含以下）□高中職　□大專　□研究所以上
職　業　□生產／製造　□金融／商業　□傳播／廣告　□軍警／公務員
□教育／文化　□旅遊／運輸　□醫療／保健　□仲介／服務
□學生　□自由／家管　□其他

◆你從何處知道此書？
□書店　□書訊　□書評　□報紙　□廣播　□電視　□網路
□廣告DM　□親友介紹　□其他

◆你通常以何種方式購書？
□逛書店　□網路　□郵購　□劃撥　□信用卡傳真　□其他

◆你的閱讀習慣：
□百科　□生態　□文學　□藝術　□社會科學　□地理地圖
□民俗采風　□休閒生活　□圖鑑　□歷史　□建築　□傳記
□自然科學　□戲劇舞蹈　□宗教哲學　□其他

◆你對本書的評價：（請填代號，1. 非常滿意　2. 滿意　3. 尚可　4. 待改進）
書名_____封面設計_____版面編排_____印刷_____內容_____
整體評價_____

◆你對本書的建議：